ÉTUDES D'ARCHÉOLOGIE ORIENTALE.

LA COUPE PHÉNICIENNE DE PALESTRINA.

par C. H. Clermont-Ganneau

CHAPITRE I.

§ 1. — LE TRÉSOR DE PALESTRINA.

Tous ceux qui s'occupent d'archéologie orientale, et en particulier ceux qui s'intéressent aux antiquités sémitiques, sont d'accord pour reconnaître l'importance d'une trouvaille récemment faite en Italie. Je veux parler de la trouvaille de Palestrina.

A la suite de fouilles entreprises par MM. Bernardini aux environs de Palestrina, l'antique *Præneste*, l'on découvrit, en 1876, une fosse très-probablement funéraire, qui contenait un véritable trésor composé d'une quantité d'objets en or, en electrum, en argent, en argent doré (ou plaqué d'or?), en ivoire, en ambre, en verre, en bronze et en fer: coupes, cratères, trépied, bijoux, armes et ustensiles divers.

MM. Helbig[1] et Conestabile[2] furent les premiers,

[1] *Bulletino dell' Instituto di corrispondenza archeologica*, Roma, n° VI, juin 1876, p. 117-131; *Scavi di Palestrina.*

[2] *Notizie degli scavi di antichità communicate alla R. accademia dei Lincei*, août 1876, p. 113.

en Italie, à publier quelques renseignements sur cette découverte, avec une description sommaire des principaux objets. A la fin de 1876, M. Fr. Lenormant mit sous les yeux de l'Académie des inscriptions et belles-lettres une série de photographies reproduisant ces objets et accompagna cette présentation de judicieuses observations [1].

L'origine orientale de ces différentes pièces était clairement indiquée par leur aspect assyro-égyptien, par le style et le choix des sujets ou des motifs qui les décoraient et les ornaient; ajoutons, dès maintenant, qu'elle est précisée de la façon la plus nette par la présence, dans ce trésor, d'une coupe d'argent historiée rappelant de très-près l'art égyptien et portant, gravée au centre, une *inscription phénicienne* [2].

Il peut paraître, de prime abord, bien étrange de rencontrer au cœur même du Latium, à deux pas de Rome, un groupe aussi considérable d'objets d'une provenance manifestement phénicienne et d'une époque incontestablement reculée.

[1] *Comptes rendus des séances de l'Académie des inscriptions et belles-lettres*, 1er et 8 décembre 1876, p. 262 et suiv.

[2] Un nom propre d'homme suivi du patronymique: אשמניעד (? ר) בן עשתא. Pour le déchiffrement et l'explication de ces deux noms propres, voir la savante notice de M. E. Renan, dans la *Gazette archéologique*, IIIe année, 1re livr., 1877, p. 16 et suiv. (cf. reproduction, pl. V). M. Renan pense que le nom est celui du personnage défunt au souvenir hiératique duquel la patère est consacrée. Nous aurons plus bas à parler longuement des scènes gravées sur cette coupe, et en particulier de la scène centrale qui contient tout entière, selon moi, l'origine iconographique du *combat d'Hercule contre le triple Géryon*.

Cette surprise cessera si l'on veut bien se souvenir du traité conclu entre Rome et Carthage, en l'an 509 avant notre ère.

Plusieurs articles de ce traité, dont nous devons à Polybe une traduction littérale, règlent et restreignent l'accès des Carthaginois dans le Latium, dans la Λατίνη[1]; mais ces restrictions mêmes sont la meilleure des preuves pour établir qu'au VIe siècle au moins avant notre ère, les Carthaginois étaient en rapports suivis avec la partie de l'Italie où est située Préneste. Dans quelle vue ces courtiers de l'Orient pouvaient-ils venir sur les côtes du Latium, si ce n'est pour y trafiquer?

Voilà qui peut contribuer à nous expliquer, dans une certaine mesure, l'existence assez inopinée de ce trésor phénicien à Préneste, et la voie qu'ont suivie, pour y venir, les objets le composant.

Parmi ces objets, il en est trois qui attirent tout d'abord l'attention par leur beauté et par l'importance archéologique des sujets qui y sont figurés.

Ce sont :

1° La coupe en argent portant l'inscription phénicienne;

2° Un cratère en argent doré;

3° Une seconde coupe également en argent doré.

J'aurai, plus tard, quelques mots à dire sur les deux premiers de ces objets; mais je m'occuperai tout d'abord et tout particulièrement du troisième

[1] Polybe, III, XXII, 13.

d'entre eux, de la coupe en argent doré, reproduite sur la planche I.

§ 2. — EXPLICATION DE LA COUPE EN ARGENT DORÉ.

(*Non compris le médaillon central.*)

M. Helbig a donné de cette coupe une description détaillée et raisonnée dans son article déjà cité du *Bulletino dell' Instituto*, etc.[1]... Il y a ajouté, dans un second article, publié par les *Annali*[2] du même Institut, quelques remarques (p. 54, 55) et une gravure représentant cet objet précieux de grandeur naturelle.

C'est d'après cette gravure qu'a été exécutée la lithophotographie que nous avons dû placer sous les yeux du lecteur; cette reproduction au second degré est assez médiocre et donne une pauvre idée de l'original; mais elle est suffisante pour permettre de suivre les explications que nous avons à proposer sur ce monument[3].

[1] *Bulletino dell' Instituto*, etc. n° VI, p. 126, 127, 128.

[2] *Annali dell' Instituto di corrispondenza archeologica*, 1876. Mes citations se rapportent au tirage à part de cet article dont M. E. Renan a bien voulu mettre un exemplaire à ma disposition. Cet article est intitulé *Cenni sopra l'arte fenicia, lettera al Sign. senatore G. Spano*, Roma, 1876. Le mémoire est accompagné de quatre planches représentant les principaux objets du trésor de Palestrina (pl. XXXI, XXXI^a, XXXII, XXXIII).

[3] J'espère être en mesure de substituer dans le tirage à part de ces pages, à la planche défectueuse du *Journal asiatique*, un report de la planche des *Annali*, report beaucoup plus satisfaisant à tous égards.

Ces explications ont d'autant plus d'importance qu'elles sont susceptibles d'être étendues et appliquées en partie à tout un groupe, déjà nombreux, de monuments similaires, et qu'elles intéressent, comme nous le verrons, les antiquités helléniques non moins que les antiquités proprement orientales.

La coupe en question consiste en une calotte d'argent mince dont le profil est indiqué au bas de la planche. L'argent est recouvert d'une feuille d'or.

Elle mesure, à l'ouverture, 19 cent. de diamètre.

Cette dimension n'est pas indifférente, car elle se rapproche visiblement d'un multiple exact d'une des subdivisions de la coudée orientale de $0^m,450$. En effet, cette coudée, d'origine égyptienne, était partagée en 6 palmes; la coudée royale, de $0^m,525$, ne différait de la précédente, dite coudée vulgaire, que parce qu'elle contenait *1 palme en plus*, soit 7 palmes. Dans ces deux systèmes, le palme valait uniformément $0^m,075$, et il se subdivisait lui-même en 4 doigts longs chacun de $0^m,01875$. Nous voyons immédiatement qu'à ce taux *10 doigts* = $0^m,1875$. Les deux dernières décimales, 75, étant supérieures à 50, ce chiffre de $0^m,1875$ peut être considéré comme l'équivalent de $0^m,1900$, c'est-à-dire du *diamètre de la coupe;* la différence est absolument négligeable : *deux millimètres et demi.* Par conséquent, ce diamètre de $0^m,19$ serait sensiblement égal à *10 doigts* et dériverait du système métrique égypto-sémitique[1].

[1] Il serait très-important de soumettre aux mêmes calculs les

L'extérieur de la coupe est dépourvu d'ornementation. L'intérieur, au contraire, est décoré de différents sujets burinés et ciselés en léger relief. Cette belle pièce d'orfévrerie est certainement l'un des produits les plus remarquables de la toreutique orientale.

Au fond même de la coupe, dans un cercle formé par une espèce de grènetis, d'environ 5 centimètres de diamètre, est inscrit un sujet dont je réserve, pour le moment, la description et l'interprétation.

Cette sorte de médaillon central est entouré d'une première zone, large d'un peu plus de 2 centimètres, et comprise entre deux cordons du même grènetis, concentriques. Cette zone est remplie par une file de huit chevaux, passant à droite, au trot, ou au pas relevé. Les formes et les mouvements sont indiqués avec beaucoup de sûreté et de justesse.

Les queues des chevaux sont traitées d'une façon toute conventionnelle, dont il faut prendre acte dès maintenant parce que ce détail caractéristique se reproduit sur une série de monuments congénères et établit entre eux un lien de plus : partout les queues de ces animaux sont *pennées* et dessinées dans le goût des feuilles de palmier qui apparaissent ici à côté d'eux (dans l'autre zone).

autres coupes appartenant à la même famille; mais, pour le faire utilement, il faudrait opérer sur des données numériques rigoureuses, en mesurant les originaux eux-mêmes et d'une façon identique. Le tracé des zones concentriques intérieures pourrait être aussi avantageusement étudié à ce point de vue métrologique.

Il semble qu'il y a quatre juments et quatre étalons ainsi distribués : une jument, deux étalons, une jument, deux étalons, deux juments. Mais on ne saurait se fier absolument au graveur moderne chargé de reproduire ce monument; c'est un point, comme plusieurs autres que nous allons rencontrer, à vérifier sur l'original[1].

Au-dessus de chaque bête sont deux oiseaux volant à tire-d'aile dans le même sens[2].

Ces chevaux et oiseaux sont inégalement espacés; il est difficile de dire si cette petite irrégularité, qui est plutôt d'un effet agréable que choquant, est accidentelle ou intentionnelle; dans ce dernier cas, elle serait l'indice d'un art déjà affranchi en partie des entraves de la symétrie archaïque; je dis en partie, car les huit chevaux sont tous à la même allure et au même moment de l'allure, ce qui manque assurément de variété.

Deux d'entre eux montrent des traces de collier(?), comme les chevaux de trait que nous allons voir à côté[3].

Cette première zone est enveloppée à son tour

[1] Sur une photographie de la coupe dont je dois la communication à M. E. Renan, les huit bêtes semblent être tous des étalons.

[2] M. Helbig ne signale qu'un *seul oiseau* au-dessus de chaque cheval; en réalité chaque cheval est accompagné de deux oiseaux, seulement le second reste plus en arrière : huit chevaux et seize oiseaux, $\frac{16}{8} = 2$.

[3] Cette trace de collier (?) se retrouve également sur un des chevaux du cratère qui, là, est incontestablement un *cheval de selle*, puisqu'il est monté par un cavalier. (*Annali*, l. c. pl. XXXIII, 3 *b*, et 4 *b*.) Il en est de même sur d'autres monuments congénères.

d'une seconde zone d'environ 27 millimètres de largeur, ayant pour limite convexe (cercle inscrit) le cordon de grènetis qui la sépare de la zone précédente, et pour limite concave (cercle circonscrit) un long serpent dont le corps squammeux décrit, sauf quelques légères sinuosités vers la région caudale, un cercle à peu près parfait, à une distance moyenne de 1 centimètre du bord de la coupe.

Ce serpent, dont la tête rejoint et dépasse même légèrement la queue effilée, est dessiné de main de maître.

M. Helbig l'a comparé, avec à-propos, au symbole bien connu de l'univers, du *Κόσμος*, des Égyptiens et des Phéniciens, au serpent circulaire qui se mord la queue[1].

Naturellement, cette zone, étant la plus excentrique, est aussi celle qui offre le plus grand développement. L'artiste, qui avait ici ses aises, a fait tenir, dans ce champ relativement vaste, une série de scènes aussi remarquables par le style de l'exécution que par la diversité des sujets, le nombre des per-

[1] M. Helbig cite le passage de Macrobe, I, IX, 12. Ce symbole est d'ailleurs fort ancien; on le retrouve par exemple dans le papyrus d'*Amen-m-saou-v*, conservé au Musée du Louvre et remontant à l'époque des Ramessides. Cf. le *Δράκων Οὐροϐόρος* du papyrus magique de Berlin (éd. Parthey), rapproché par Th. Deveria (*Catalogue des mss. égyptiens du Louvre*, p. 10). C'est l'équivalent de l'*Ὠκεανός*, du *ποταμὸς Ὠκεανός*, du grand fleuve mythique éternel, qui entoure la terre et qui encadrait l'ensemble des scènes représentées sur le bouclier d'Achille, scènes dont nous aurons à faire ressortir les analogies extraordinaires avec celles des coupes phéniciennes objet de cette étude.

sonnages qui y sont figurés, la nature des actes qu'ils accomplissent.

Cette zone est évidemment la partie essentielle de la coupe, celle qui doit tout d'abord fixer l'attention de l'archéologue. Aussi M. Helbig en a, avec raison, fait une longue et minutieuse étude.

Comme je vais avoir à combattre sur toute la ligne et la marche suivie par M. Helbig dans cette étude, et l'interprétation qu'il a proposée de ces scènes, et les conclusions de détail ou d'ensemble auxquelles il est amené, je crois indispensable de donner avant tout la traduction littérale et complète des trois pages que cet illustre savant a consacrées à cette région de la coupe dans son travail du *Bulletino*[1] :

« Une figure avec une longue barbe pointue, mais « sans moustaches, vêtue d'une longue tunique, est « assise (tournée vers la gauche) sur un trône, tenant « de la main gauche une masse (égyptienne) et éle« vant de la main droite une boule. Elle a la tête « coiffée d'une tiare conique semblable à celle qui se « rencontre plusieurs fois sur la coupe de style ana« logue trouvée à Chypre et publiée par Longpérier, « *Musée Napoléon III*, pl. X. Pour abréger, j'ajouterai « dès maintenant, que partout où il sera question « de tiare dans la description suivante, on devra « toujours entendre le même type. Au-dessus de « l'épaule gauche de la figure assise se dresse un « parasol; devant elle, on voit un pilastre sur lequel

[1] *Bulletino*, *l. c.* 126, 127, 128.

« est posé un cratère sans anses avec un simpulum, « et, plus à gauche, un autel sur lequel est allumé « du feu. Dans le champ au-dessus de l'autel est re- « présenté le disque solaire ailé. Derrière la figure « assise on en voit une autre debout, barbue égale- « ment et semblablement vêtue (à droite), qui éventre « avec un couteau un animal tué accroché à un arbre. « Devant elle se trouve un bige (à droite), dont les « chevaux ont la tête au-dessus d'une mangeoire, « auprès de laquelle se tient debout un palefrenier « imberbe avec une longue tunique ceinte. Au-dessus « du palefrenier planent dans les airs deux oiseaux; « du sol qui est derrière le bige s'élèvent un palmier- « dattier et, en outre, deux autres arbres, dont je ne « me hasarderai pas à déterminer l'espèce non plus « que celle de l'arbre d'où pend l'animal tué. Suit à « droite une scène de chasse. Au moyen de reliefs « d'argent en demi-bosse est représentée une colline. « Sur cette colline est debout une figure barbue (à « gauche), portant la tiare et une longue tunique « ceinte; elle tient de la main gauche trois flèches « et de la droite l'arc. En avant saute un cerf avec « une flèche dans le corps; le sang coule avec abon- « dance de la blessure. Un autre cerf se trouve der- « rière le chasseur sur la cime de la colline, levant « le pied gauche de devant, comme s'il flairait (à « droite). Il est visé par l'arc d'un chasseur barbu, « portant la tiare et une longue tunique et agenouillé « derrière un arbre placé au pied de la colline. Sui- « vent deux biges (à gauche), chacun avec un parasol

« fixé sur le bord, et avec un carquois attaché à la « caisse du char. Sur le premier, qui appartient « probablement à l'un des chasseurs, est debout l'au« rige, imberbe. L'autre est monté par un aurige « semblable et par une figure barbue qui porte la « tiare et la tunique, tient de la main gauche une « masse (égyptienne) et élève la droite en signe d'at« tention; elle regarde, comme les deux auriges, dans « la direction où a lieu la chasse. Suit un mur ren« fermé entre deux tours, puis un troisième bige (à « gauche) muni, lui aussi, d'un parasol et d'un car« quois; il est monté par un aurige imberbe ayant « un fouet dans la main gauche, et par une figure « barbue qui tient de la main gauche une masse, et « semble toucher avec la droite l'épaule du cocher. « Dans le champ, au-dessus du chasseur agenouillé « et au-dessus des trois biges sont représentés quatre « oiseaux. La scène qui suit est, de toutes celles qui « figurent sur la coupe, la plus étrange et la plus « intéressante; elle représente une chasse de singes, « appartenant, si je ne m'abuse, à cette espèce égyp« tienne que les Grecs nomment κυνοκέφαλος. Nous « voyons une figure barbue (à droite) avec une longue « tunique ceinte, qui, l'arc dans la main gauche, « dirige un coup de masse contre un singe colossal « sur le point de tomber. Au-dessus de ce groupe « plane dans les airs un épervier. Suit un bige (à « gauche) monté par un cocher imberbe avec un « fouet, et par une figure barbue qui tend son arc « dans la direction d'un second singe, qui est sur le

« point de tomber sous les sabots des chevaux. Der-« rière le bige est représenté un *boschetto* de roseaux « ou quelque chose d'approchant; à l'endroit où cesse « le *boschetto*, s'avance un troisième singe avec une « branche d'arbre dans la main droite, lançant de la « gauche une pierre dans la direction du bige. Au-« dessus du bige sont représentés deux oiseaux, et « au-dessus du *boschetto* une « protomè » imberbe et « ailée, de face, tenant ses bras de manière à former « une espèce d'encadrement. Dans cet encadrement « est représenté avec des proportions très-petites un « bige à parasol, monté par un aurige et une figure « barbue tenant une masse. Vient enfin une colline « surmontée de quatre arbres, sur laquelle sont repré-« sentés un lièvre et un cerf. La colline se termine à « droite, en dessous, par un masque monstrueux, « barbu, de la bouche duquel sort une spirale, pro-« bablement un mascaron de fontaine[1]. »

Ainsi, au compte de M. Helbig, nous aurions affaire à une *quinzaine* de personnages humains différents, à *trois* singes, à *trois* cerfs, à *six* biges également différents, le tout engagé dans des actions aussi compliquées qu'incohérentes.

Cette description confuse paraît longue; elle ne

[1] A la fin de son article des *Annali* (*Cenni sopra l'arte fenicia*, p. 55), M. Helbig revient sur ce dernier point pour y insister encore. Il croit trouver la confirmation de sa manière de voir dans différentes remarques consignées par M. Curtius dans son récent mémoire *Die Plastik der Hellenen an Quellen* (*Abhandlungen der Berliner Akademie*, 1876, p. 144). Cette opinion, en particulier, n'est pas soutenable, comme nous l'allons montrer.

l'est cependant pas encore assez, car si elle est erronée sur bien des points, elle est incomplète sur beaucoup d'autres. Elle est en outre, à mon sens, ce qui est plus grave encore, tout à fait à côté de la vérité générale.

Les idées très-complexes, mais très-suivies et parfaitement logiques qu'a entendu exprimer l'artiste, ont absolument échappé à M. Helbig, parce qu'il n'avait pas la clef des conventions employées pour les rendre.

Cette clef, la voici.

Nous avons affaire, dans cette zone, non pas à une série de sujets de fantaisie détachés, arbitrairement choisis, capricieusement groupés, à un pêle-mêle d'hommes, d'animaux, de chars, d'objets divers, mais à une petite narration aussi simple qu'ingénieusement figurée, avec un commencement, un milieu, une fin.

Cette bande historiée contient une véritable inscription en images, une inscription qu'il s'agissait de déchiffrer et de traduire. M. Helbig a reconnu çà et là quelques mots évidents : il a bien lu *chars, cerfs, autels, chasseurs,* etc., là où il y avait écrit plastiquement *char, cerf, autel, chasseur,* etc. Mais il n'a découvert ni les flexions qui lient pour ainsi dire tous ces mots entre eux, ni la syntaxe qui les régit et en fait un tout harmonieux, homogène, raisonné.

Il n'a pas vu non plus que nombre de ces termes figuratifs se répétaient dans des sortes de phrases distinctes; il a eu enfin cette malechance d'aborder par le milieu ce texte qu'il ne soupçonnait pas, et, pour comble de mésaventure, de le parcourir à l'envers, c'est-à-dire au rebours du développement naturel du récit.

La première difficulté, en effet, que l'on rencontre et sur laquelle M. Helbig a échoué, sans peut-être se douter de l'écueil, c'est la question de savoir par quel point l'on doit pénétrer dans cette ronde d'images, dans ce cercle fermé qui semble n'avoir ni commencement ni fin. M. Helbig a cru probablement que ce point était indifférent, et il a choisi la scène du sacrifice parce qu'elle l'avait peut-être plus vivement frappé.

Cependant, en y regardant bien, l'on s'aperçoit que la coupe a un sens normal, parfaitement déterminé par celui du sujet central. En adoptant le point de départ arbitraire de M. Helbig, l'on se condamne de prime abord à placer les personnages de ce médaillon *clipeatus* la *tête en bas,* ce qui est tout à fait choquant.

Il se peut que cette règle de position soit plus ou moins violée sur d'autres monuments du même genre: elle a été respectée sur le nôtre; cela nous suffit.

La coupe, pour être lue correctement, doit être tenue à la main telle que l'a disposée le graveur de M. Helbig, et telle que nous l'avons nous-même reproduite. Le point initial doit être cherché à la partie supérieure de la zone, vers le haut du diamètre vertical, non loin du chiffre romain I, à ce que l'on pourrait appeler le *zénith* de la coupe; l'on voit immédiatement que M. Helbig a commencé à peu près au *nadir* de ce point.

Puis, il faut poursuivre la lecture de *droite à gauche*, en faisant tourner la coupe en sens inverse, de *gauche à droite*, de façon à amener successivement chaque partie de la zone au zénith.

La marche suivie par M. Helbig est précisément l'opposée de celle-ci. Il a procédé *dextrorsum*, tandis qu'il fallait procéder *sinistrorsum*.

Peut-être ce qui a contribué à égarer encore ici le savant archéologue, c'est la direction des huit chevaux de la zone concentrique, qui trottent en effet de *gauche à droite*. Mais ces deux zones sont indépendantes.

D'un autre côté, le serpent, appartenant incontestablement à la grande zone dont il forme la limite supérieure, est enroulé de *droite à gauche* et entraîne dans son mouvement les scènes qu'il circonscrit. D'ailleurs tous les chars gravés dans cette zone, à l'exception d'un seul, — et nous verrons le motif de cette exception, — *roulent de droite à gauche.*

Il n'est pas superflu de faire observer en outre que l'orientation attribuée par moi à la lecture de ces images est précisément celle de l'écriture chez les peuples à l'art desquels tout s'accorde à faire reporter notre coupe.

Ces raisons peuvent paraître pour le moment insuffisantes, je le reconnais; mais si l'on veut bien m'accorder ce postulat, l'on ne tardera pas à trouver dans les résultats mêmes qu'il nous permettra d'obtenir la preuve de son bien fondé.

Le point d'attaque du déchiffrement et le sens dans lequel il doit s'opérer étant concédés, nous allons aborder l'explication même des sujets, ou plutôt du *sujet* qui se déroule tout autour de la coupe, en tenant compte seulement de cette règle bien simple que l'*artiste a répété l'image des acteurs autant de fois qu'il leur a voulu prêter d'actes différents.*

Je crois utile, pour permettre de suivre plus aisément la démonstration, d'escompter en les condensant en quelques lignes, les conclusions auxquelles cette démonstration va aboutir, et je présenterai tout d'abord la petite histoire que j'ai à raconter, sous la forme conventionnelle, mais à la fois plus saisissante et plus concise, d'une sorte de petit drame qui pourrait être intitulé :

UNE JOURNÉE DE CHASSE

OU LA PIÉTÉ RÉCOMPENSÉE.

Pièce orientale en deux actes et neuf tableaux ou scènes.

Distribution :

1er ACTE : l'*Aller* (Scènes I-V).

2e ACTE : le *Retour* (Scènes V-IX).

SCÈNE I : le *Départ*.
SCÈNE II : le *Tir du cerf*.
SCÈNE III : la *Mort du cerf*.
SCÈNE IV : la *Halte de chasse*.

Scène V : le *Sacrifice*.
Scène VI : l'*Attaque du chasseur par le singe; intervention divine*.
Scène VII : la *Poursuite du singe*.
Scène VIII : la *Mort du singe*.
Scène IX : l'*Arrivée*.

Personnages réels :

Le *chasseur*, répété 9 fois.
Le *cocher*, répété 6 fois.
1er *cerf*, répété 3 fois.
2e *cerf*.
Un *lièvre*.
Un *singe troglodyte*, répété 4 fois.

Êtres surnaturels ou symboliques :

Le *disque* ou *globe solaire ailé*.
Le *disque et le croissant* (divinité lunaire).
Une *déesse ailée* (Hathor ou Tanit).
Un *épervier* (symbolique).

Comparses et accessoires :

2 chevaux, répétés 6 fois.
5 oiseaux, volant de gauche à droite.
3 oiseaux, volant de droite à gauche.
1 char, répété 6 fois.
2 autels, dont un à feu.
Siége, parasol, armes et objets divers.

Décors principaux : Château fort ou ville murée; montagne; forêt; autre montagne boisée avec caverne; prairie couverte de hautes herbes, etc.

J'ai fait voir sur le bord même de la coupe, à l'aide de segments pointillés et numérotés en chiffres romains, les endroits où il faut couper la zone pour obtenir les scènes ci-dessus spécifiées.

Voici maintenant la description et l'interprétation

détaillées de ces différentes scènes. Je ne m'arrêterai pas chemin faisant pour discuter les idées de M. Helbig et relever par le menu les erreurs où il est tombé. Il suffira au lecteur de comparer les pages suivantes à celles du savant antiquaire, traduites plus haut, pour voir à quel point mon système s'écarte du sien, et pour juger lequel des deux est conforme à la vérité.

SCÈNE I.

LE DÉPART.

Commencement. — (Matin.)

Une courtine reliant deux tours; le tout crénelé.

L'appareil de la construction est minutieusement marqué. Il n'y a pas trace d'ouvertures, portes ou fenêtres, soit dans les tours, soit dans le mur; les portes donnant accès à cette *fabrique* sont donc placées latéralement, ou derrière, et demeurent en conséquence invisibles pour nous; autrement, l'artiste, extrêmement soucieux du détail, comme nous le verrons, n'eût pas manqué d'écrire ces indications importantes.

A gauche, et immédiatement à côté de cette construction fortifiée (les roues sont tangentes à la tour de gauche), un char passant à gauche, traîné par deux chevaux; le nombre des bêtes est indiqué par le doublement du contour et la disposition des guides.

Dans le char, deux hommes debout, l'un, d'allures tout à fait assyriennes, barbu, aux cheveux formant boucle en arrière, coiffé d'une espèce de tiare ou mitre basse, porte militairement, sur l'épaule gauche, une hache ou masse d'armes[1]. De la main droite, il frappe sur l'épaule du second personnage placé devant lui, qui tient les guides et semble les agiter en se penchant au-dessus des chevaux comme pour accélérer leur allure.

Le cocher est tête nue comme il convient à sa condition servile ou subalterne; ses cheveux longs, roides et épais, retombent par derrière, à la mode égyptienne ou africaine.

Un large parasol, planté sur le char, ombrage les deux personnages, particulièrement le premier. Sur le côté gauche du char est fixé obliquement un carquois.

Au-dessus du bige, un oiseau tout à fait semblable à ceux qui accompagnent les chevaux de la zone inscrite dans celle-ci; il passe à tire-d'aile à droite, en sens inverse du char, dans la direction de la *fabrique* qui est derrière.

Interprétation. La construction flanquée de deux tours est un château fort ou peut-être une cité murée[2].

Le char vient d'en sortir par une porte latérale.

La figure armée, debout dans le char, c'est le

[1] Peut-être aussi un arc; ce détail est difficile à distinguer.

[2] Cf. une représentation analogue, mais plus compliquée, de ville forte, assiégée, sur la patère d'Amathonte. (Cf. Colonna-Ceccaldi, *Revue archéologique.*) Cette représentation appartient, comme presque tous les détails que nous allons relever sur notre coupe, costumes, paysages, accessoires divers, etc., au style et aux conventions de l'art assyrien.

maître de ce lieu habité, roi ou simple seigneur, comme on voudra, en tout cas personnage de qualité. Il part, dès l'aube, pour une expédition de guerre ou de chasse — nous ne savons encore — dont les péripéties vont se dérouler successivement, pas à pas, je dirai presque *heure par heure*, sous nos yeux.

Le maître est pressé; il frappe sur l'épaule de son cocher pour lui dire d'aller vite. Le seul cheval visible a la bouche ouverte: il répond par un hennissement à l'incitation de l'aurige qui lui rend la main, comme le montre l'anse formée au-dessous du mors par le relâchement des rênes.

La présence du parasol indique qu'il fait ou qu'il fera chaud.

SCÈNE II.

LE TIR DU CERF.

1° Autre char, identique au précédent, mais cette fois avec un seul personnage, le cocher. Au-dessus du bige, même oiseau volant dans la même direction.

Interprétation. Notre char s'est arrêté. Le maître est descendu pour une raison que va nous expliquer la suite du tableau. L'arrêt du char est nettement indiqué par la pose du cocher qui, au lieu d'être courbé, comme tout à l'heure, au-dessus de la croupe de ses bêtes, se tient au contraire renversé en arrière, et tire sur les doubles guides tendues avec un visible effort pour contenir son attelage impatient.

Cette expression est soulignée avec tant d'insistance, que la tête du cocher occupe ici, en arrière, sous la partie postérieure du parasol, la place qu'y occupait auparavant la tête de son maître maintenant descendu.

Celui-ci a dû sauter brusquement à terre, car les chevaux retenus par l'aurige sont cependant encore à l'allure du trot allongé. Les chevaux du premier char empiètent même un peu sur les roues du second et les dépassent, comme si l'artiste avait voulu marquer ainsi un mouvement de recul de ce dernier char.

2° Devant les chevaux, un personnage barbu, coiffé comme le seigneur que nous connaissons, agenouillé à gauche, sur le genou gauche, dans l'attitude classique de l'archer, tire une flèche posée sur son arc tendu en plein. Devant lui, un arbre d'une espèce indéterminée, aux branches ascendantes. Immédiatement derrière l'arbre, sur la pointe d'une montagne ou colline rocheuse, dessinée dans le goût assyrien, un cerf, à la peau tachetée, aux cornes ramifiées, tourné à droite (faisant face à l'archer), le pied gauche levé.

Au-dessus de la tête de l'archer, devant le nez des chevaux qui sont immédiatement derrière lui, un oiseau identique aux deux précédents.

Interprétation. Le maître du char a aperçu un cerf sur la hauteur; il s'est aussitôt élancé à terre, laissant derrière lui l'équipage à la garde du cocher.

Arrivé à portée, il s'est embusqué derrière un arbre qui le masque. Il s'apprête à tirer l'animal soupçonneux placé au-dessus de lui, et qui, malgré les précautions prises par le chasseur, a flairé quelque danger[1]. Le cerf s'est subitement arrêté dans son élan, au bord d'un rocher à pic, le nez au vent, le pied en l'air, inquiet, indécis; il sent l'ennemi invisible qui le menace, encore un instant il va faire volte-face et fuir affolé. Mais le chasseur, en homme qui sait son métier, ne l'a pas perdu de l'œil; il saisit l'instant où la bête immobile, prête à bondir, lui présente la poitrine, et il va lui décocher un trait sûr.

SCÈNE III.

LA MORT DU CERF.

Au milieu de la montagne conventionnelle, à l'extrémité droite de laquelle est le cerf, au delà de l'animal, sur une partie déclive, un personnage barbu, dont la coiffure nous est connue, debout, tenant de la main droite un arc détendu, et sur l'épaule gauche trois flèches, marche à gauche et regarde un *second* cerf fuyant qui lui tourne le dos; le cerf a dans la poitrine une flèche empennée dont la pointe ressort au-dessus de la hanche droite. Un flot de sang s'échappe de la blessure.

Interprétation. Notre chasseur est un adroit tireur. La bête est touchée. Elle fuit aussi rapide que la flèche qui l'a frappée. L'homme s'est aussitôt relevé pour

[1] Les cerfs et les différentes espèces appartenant à la même famille sont, comme l'on sait, renommés pour la subtilité de leur odorat.

se mettre à sa poursuite; il tient en mains son arc détendu, à la corde encore frémissante, et des flèches pour achever sa victime si besoin est. Il suit du regard la course désordonnée de l'animal qui d'un bond suprême s'élance dans le vide du haut des rochers. Le chasseur ne craint pas que sa proie lui échappe, car la blessure est mortelle; la bête perd son sang et ses forces. Le coup qui a traversé la poitrine a porté de *bas en haut*, comme le montre l'obliquité de la flèche, et comme devait le faire pressentir la *position respective* des deux acteurs dans la scène précédente.

Remarque. Ici nous voyons pour la première fois avec quelque détail le costume du chasseur, jusqu'alors caché, soit par le char, soit par l'attitude du tireur; la partie inférieure de sa longue tunique serrée à la taille se développe et présente un travail *losangé* que nous n'avons pu encore remarquer et qui ne se retrouve pas dans les scènes subséquentes; partout ailleurs, la tunique apparaît *rayée*. C'est la seule objection qu'on pourrait élever contre l'identité de ces divers personnages, objection faible du reste, et qu'un examen attentif de la coupe ferait peut-être disparaître [1].

[1] L'aspect de la mitre du chasseur prête à une observation analogue : dans les scènes I, II, III, VII, IX, elle apparaît *lisse;* dans les scènes IV, V, VIII, au contraire, elle est ornée d'un travail au pointillé; ces variantes peuvent être attribuées à la conservation inégale de la coupe dans ses diverses parties, et à l'interprétation plus ou moins serrée du graveur moderne.

SCÈNE IV.

LA HALTE DE CHASSE.

Deux chevaux, sans freins ni guides, tournés à droite, c'est-à-dire en sens inverse de la direction générale des figures et de la marche de l'action, le nez au-dessus d'une mangeoire sur laquelle pose les mains un personnage imberbe, vêtu d'une longue tunique droite serrée à la taille, nu-tête, aux cheveux roides rejetés en arrière. Au-dessus, deux oiseaux volant à droite.

Au second plan, deux arbres de la même essence indéterminée que celle de l'arbre que nous avons rencontré tout à l'heure.

Immédiatement derrière les chevaux, un char sans attelage, renversé en arrière, et dont le timon en l'air, formant avec l'horizon un angle de plus de 45 degrés, se profile en avant des deux arbres et au-dessus de la croupe des deux chevaux.

Au-dessus du char, un palmier d'où pendent symétriquement à gauche et à droite deux régimes de dattes.

Tout à côté un arbre indéterminé, congénère des précédents. A cet arbre est accroché, par les pieds de derrière, un animal sans tête, à la peau tachetée. Un personnage, de tout point semblable à notre chasseur, empoigne, de la main gauche, le ou les pieds de devant de l'animal, et lui enfonce de bas en haut un large coutelas dans la poitrine.

Interprétation. Après ce beau coup de flèche, le chasseur et son équipage ont gagné l'abri d'un bois, où ils font halte à l'ombre des arbres. Il ne doit pas être loin de midi. On dételle. Le cocher fait manger ses bêtes; le char à deux roues, n'étant plus maintenu en équilibre par l'attelage, est, pour employer le langage technique des charretiers, *à cul,* le timon en l'air comme nos carrioles de paysans : le bord supérieur du char, toujours horizontal quand la voiture est attelée, est devenu ici oblique; le carquois, au contraire, fixé obliquement à l'ordinaire sur la caisse du char, a pris la position horizontale [1].

C'est à dessein que l'artiste a tourné le char et son attelage en *sens inverse de la marche générale.* Il a voulu, à l'aide d'un effet aussi simple qu'énergique, nous donner au premier coup d'œil l'impression de la *halte*, en nous montrant l'équipage soustrait pour ainsi dire au mouvement de rotation uniforme qui fait circuler de droite à gauche l'ensemble des autres scènes, en lui prêtant, en apparence, un mouvement contraire; cette première impression de l'arrêt se justifie ensuite et se complète par l'examen des détails.

Le parasol qui était planté sur chacun des deux chars précédents a disparu. Cette omission pourrait au premier abord sembler une grosse objection

[1] Il ne faut pas oublier que le char étant *retourné,* nous en voyons ici le côté droit et non plus le côté gauche : il devait donc y avoir *deux carquois* attachés symétriquement à *droite* et à *gauche* du véhicule. Ce renseignement sur la disposition des chars a une valeur archéologique qui n'échappera à personne.

contre ma théorie de l'*identité* de tous ces chars. Mais nous ne tarderons pas à avoir la preuve que cette prétérition est intentionnelle de la part de l'artiste, et qu'elle vient au contraire apporter à notre théorie une éclatante confirmation.

Le chasseur est en train d'ouvrir avec son couteau de chasse, d'écorcher et de vider la pièce de gibier qu'il vient d'abattre dans la scène précédente. L'animal est reconnaissable à sa livrée tachetée; la tête, avec les bois qui serviront de trophée, est déjà coupée.

Nous sommes, ne l'oublions pas, en pays chaud, à une latitude basse, dans l'habitat du palmier, et, comme nous l'allons voir, dans la région des grands singes. Cette promptitude mise par le chasseur à parer son cerf pour l'empêcher de se corrompre est bien en situation. D'ailleurs notre homme a peut-être, pour procéder sans retard à cette opération de boucherie, un motif plus pressant encore qui va nous être à l'instant révélé.

SCÈNE V.

LE SACRIFICE.

Milieu. — (Midi.)

Je subdiviserai, pour plus de commodité, cette scène importante et compliquée en deux parties.

1° Assis sur une chaise ou sur un trône, les pieds appuyés sur un escabeau, un personnage, répétition textuelle de notre chasseur, tient militairement sur l'épaule gauche une hache ou masse d'armes; sur sa main droite ouverte, il présente avec le geste hiératique traditionnel un objet ovoïde, ou plutôt un sphéroïde fortement aplati; au-dessus de sa tête se dresse un parasol.

Devant lui un autel, sur lequel est un vase avec un *simpulum*. Au-dessus, un disque non ailé s'emboîtant à gauche dans un croissant (lunaire). Un peu plus loin, à gauche, second autel de dimensions plus considérables, sur lequel brûle, dans une espèce de fourneau, un feu aux longues flammes rabattues à droite comme par le souffle du vent: au-dessus plane le disque ailé assyro-égyptien (solaire) avec ses larges ailes éployées.

Interprétation. Après avoir vidé la bête, le chasseur offre un sacrifice à sa ou à ses divinités, sacrifice dont les éléments essentiels lui sont peut-être fournis par le produit de sa chasse et qui n'est très-probablement que le prélude de son propre repas. Je me réserve de revenir sur ce dernier point extrêmement curieux à mon avis.

L'objet offert est difficile à déterminer; il semble de forme trop régulière pour être considéré comme quelque viscère de l'animal; je serais tenté, pour des raisons générales que j'exposerai plus loin, de croire que c'est un *pain*. N'ayant pas l'original sous les yeux, je n'insisterai pas sur ce détail.

Le parasol sous lequel se tient l'officiant a été *enlevé du char*, d'où nous en avons plus haut constaté la disparition, et il a été planté au-dessus du siége.

Cette disposition, en dehors du caractère rituel qu'elle peut avoir, indique que le soleil est ardent. Il est midi.

Cette scène se trouve en effet marquer à peu près *le milieu* de la circonférence dont nous avons déjà parcouru une moitié. Tirez, en passant par le centre de la coupe, une ligne droite, soit du disque ailé, soit du trône de l'officiant, jusqu'au premier char ou jusqu'à la construction tourellée dont nous sommes partis ce matin, de la scène I à la scène V en un mot, et vous obtenez un diamètre divisant en deux segments sensiblement égaux la zone que nous étudions.

Le disque solaire ailé auquel le chasseur adresse sa prière, c'est à la fois le symbole de la divinité et le signe du soleil au zénith.

Nous sommes arrivés au point central, au point culminant de notre petit drame en images.

En même temps que les heures de la seconde partie du jour vont s'écouler, la suite des tableaux va changer de direction. Jusqu'ici, nous nous éloignions de plus en plus du castel ou de la cité : à partir de ce moment, nous allons nous en rapprocher de plus en plus.

L'excursion du chasseur a atteint son but; après les incidents de l'aller, nous allons avoir les péripéties du retour.

La fable elle-même va modifier son allure; jusqu'à ce moment, elle n'était qu'une succession de scènes de la vie réelle, d'un intérêt ordinaire, bien que soutenu; elle va devenir élevée, religieuse, tragique, surnaturelle même.

Tout s'accorde donc pour marquer plus profondément cette division générale en deux morceaux distincts, en deux grands actes.

On peut encore en donner comme preuve complémentaire un arrangement matériel bien démonstratif. Jusqu'ici, les oiseaux, au nombre de cinq, volant dans le champ au-dessus des différentes scènes, étaient uniformément orientés de *gauche à droite*, en sens inverse de la marche générale, et dans la direction de la *fabrique* fortifiée; à partir de ce point, considéré comme le milieu, nous constaterons encore trois autres oiseaux similaires, mais retournés alors de *droite à gauche*.

Le petit diagramme ci-dessous permettra de mieux comprendre cette disposition et la conclusion qu'on en doit tirer.

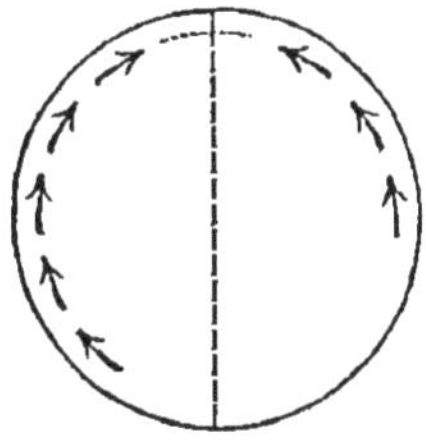

Pour ce qui est de la signification particulière de ces oiseaux, j'en parlerai plus bas.

Mais poursuivons notre déchiffrement iconographique, toujours dans le même sens, bien entendu, c'est-à-dire de droite à gauche.

2° A cette V[e] scène doit se rattacher encore, au moins en partie, la montagne figurée à gauche et tout près de l'autel sur lequel flambe le feu sacré. Cette montagne bombée, aux flancs rocheux, est couverte d'une forêt indiquée par cinq de ces arbres d'espèce douteuse que nous avons déjà rencontrés. Elle est plus élevée et aussi plus régulière de forme que la montagne des scènes III et IV; comme celle-ci, elle sert de théâtre à deux scènes différentes, nettement séparées par la répétition du principal acteur: elle doit donc, par la pensée, être partagée en deux moitiés à peu près égales, dont l'une, celle de droite, appartient à la scène V, et l'autre, celle de gauche, à la scène VI qui la suit.

Occupons-nous seulement, pour l'instant, de la partie afférente à la scène V.

Sur le sommet de la montagne, un cerf au bois ramifié, à la peau tachetée, comme celui dont nous avons vu la fin tragique, broute paisiblement, tourné à droite.

Un peu plus à gauche, au-dessous de lui, gravissant la déclivité de la montagne, bondit un lièvre aux longues oreilles rabattues en arrière; mais le bout de rôle de ce second animal se rapporte plutôt à la scène suivante.

Du pied de la montagne, à droite, au ras du sol, sort une tête hideuse et grotesque, à la barbe et à l'oreille bestiales, au nez invraisemblable, au front déprimé, que M. Helbig a prise pour un mascaron de fontaine. C'est en réalité la tête d'un énorme singe, couché dans une caverne de la montagne qui nous dérobe son corps. Aucune espèce de doute ne saurait être conservé à cet égard; il suffit de comparer ce profil si caractéristique à celui des trois singes qui vont plus loin s'offrir à nous, au grand complet cette fois.

Pour ce qui est de l'existence de la caverne, la scène subséquente nous réserve une justification décisive de cette manière de voir, qui peut paraître pour l'instant bien hardie, et pour laquelle je demande quelques instants de crédit.

Cette tête simienne est tournée contre l'autel à feu, qu'elle semble regarder; de la bouche sort un corps étroit et allongé se terminant en une sorte de tire-bouchon (?) et allant presque toucher la base de l'autel.

Il est bien difficile de deviner ce qu'a voulu exactement exprimer ici l'artiste, d'autant plus qu'on ne saurait se fier absolument à l'interprétation du graveur moderne. La bête est-elle au gîte, faisant la sieste à l'ombre de sa tanière, tout en mâchonnant quelque herbage ou quelque racine; partage-t-elle dans ce cas la tranquillité du cerf qui pâture au-dessus d'elle? Est-elle au contraire tapie dans son repaire, aux aguets, épiant avec une curiosité inquiète et hostile l'intrus redoutable qui vient troubler le repos et menacer la vie des hôtes de la forêt? Surveille-t-elle ce manége étrange pour elle de l'homme en adoration devant la divinité? Alors l'innocente insouciance du cerf aurait été opposée à dessein par l'artiste aux instincts pervers, toujours en éveil, du singe malfaisant. Je me borne à poser la question; je ferai remarquer seulement que, dans cette seconde hypothèse, si l'on devait prendre, comme semble l'avoir fait M. Helbig, l'objet énigmatique qui sort de la bouche du masque pour le signe en spirale, symbole ordinaire de l'eau et des liquides en général, on pourrait croire que la bouche grimaçante de l'animal en fureur crache contre l'autel à feu dont la flamme vacille peut-être sous ce souffle impur.

Peut-être aussi l'artiste a-t-il voulu nous montrer tout bonnement le singe tirant la langue et narguant, par cette babouinerie non moins familière à la gent simienne qu'à la race humaine, l'acte religieux dont il est le témoin : insulte pour la divinité, menace pour l'homme. Nous aurons à revenir sur ces points obscurs.

SCÈNE VI.

L'ATTAQUE DU CHASSEUR PAR LE SINGE; INTERVENTION DIVINE.

La scène représente la partie inférieure gauche de notre montagne, qui se termine de ce côté, non plus par une tête de singe, mais par une anfractuosité vide, surplombant et formant abri (vue de profil).

Cette anfractuosité, c'est l'orifice de la caverne où était naguère blotti notre singe troglodyte : elle correspond en effet au trait qui, du côté droit de la base de la montagne, forme encadrement autour de la tête du singe. Enlevez par la pensée cette tête, et vous obtenez, à droite comme à gauche de la montagne, deux échancrures parfaitement symétriques et égales. C'est la même caverne que l'artiste nous montre dans deux états successifs et différents, à l'aide de son artifice habituel : la répétition. Il faut se figurer la montagne comme ayant en quelque sorte pivoté sur elle-même à la manière d'un décor.

La caverne est vide. Le singe est donc sorti de son antre. En effet, un peu plus à gauche, devant la caverne béante, nous le voyons debout, la face tournée à gauche, tenant de la main droite une branche d'arbre, qu'il a arrachée dans la forêt ombrageant sa retraite (même feuillage); de la main gauche, il lance à gauche à toute volée un objet arrondi, une pierre(?). A ses pieds, devant lui (à gauche), de hautes herbes foulées et renversées de droite à gauche, c'est-à-dire *par le passage d'un autre que lui.*

L'animal est figuré avec un caractère saisissant et des détails dont nous aurons à reparler.

C'est brusquement que le singe a dû quitter sa caverne, car l'on s'explique ainsi la surprise du lièvre détalant au plus vite et remontant à droite la pente de la colline, en proie à un effarement qui fait contraste avec le calme du cerf broutant plus loin.

Contre qui le singe lance-t-il son projectile? Contre un ennemi qui vient de passer, comme l'atteste la direction des hautes herbes foulées. C'est donc par derrière que l'animal monstrueux, dont la ruse égale la férocité, commence l'attaque; il espère atteindre sa victime à l'improviste, de loin, à l'aide de son projectile, et compte ensuite se précipiter sur elle pour l'achever avec sa massue improvisée[1].

L'ennemi, est-il besoin de le dire? n'est autre que notre chasseur qui, après avoir donné à ses chevaux la nourriture et le repos qu'ils avaient bien gagnés, et pris probablement son propre repas, après avoir achevé son sacrifice, a fait atteler, est remonté dans son char et s'est mis en route pour le retour.

Il vient de passer devant la montagne giboyeuse où le singe embusqué le guettait, se préparant à venger la mort du cerf[2]. Peut-être a-t-il au contraire dérangé la quiétude du maître de ce lieu sauvage.

Nous apercevons, au delà des hautes herbes couchées par les roues, notre char de tout à l'heure, filant à gauche, et, dedans, le chasseur, tournant le dos au singe qui *a l'air* de le viser[3].

Le chasseur est perdu sans ressource; il n'a pas

[1] Je ne m'occupe ici, bien entendu, que de ce qu'a voulu exprimer l'artiste, sans discuter la possibilité physique des actes prêtés à l'animal.

[2] Peut-être bien est-ce là le sentiment même qu'a voulu rendre l'artiste en nous montrant au-dessus du singe embusqué l'image d'un cerf identique à celui qui vient d'être tué et dépecé. C'est un rappel qui doit avoir sa signification.

[3] Je dis : *qui a l'air*, parce qu'en réalité ce char appartient à la scène suivante. Le but véritablement visé par le singe a subitement disparu, comme on va le voir.

vu le danger, il ne peut pas parer ou éviter le coup qui va le frapper par derrière; il est trop tard; c'est un homme mort. . . .

Mais heureusement une divinité tutélaire veille sur ses jours. Notre personnage, comme nous l'a prouvé l'artiste quelques instants auparavant, aime et vénère ses dieux, et ses dieux en retour lui accordent la protection qu'ils lui doivent, la protection dont il vient de renouveler l'achat quotidien par son sacrifice de midi. Nous allons relever ici une manifestation bien topique, bien instructive, de cette idée, vieille comme le monde, commune à toutes les races, et particulièrement en honneur chez les Sémites, que la piété, formulée par le rite, est une sorte de pacte, de contrat bilatéral, obligeant autant le dieu suzerain qui reçoit l'hommage que l'adorateur qui le rend.

Notre petite historiette est complète; elle doit, comme tout apologue oriental, non-seulement amuser et distraire, mais édifier; elle a en un mot sa moralité qui peut se résumer dans cet adage: *la vertu est toujours récompensée.*

En effet, entre le singe et le char, au-dessus des hautes herbes couchées par le passage du véhicule, si nous levons les yeux, nous apercevons planant dans le ciel un être divin aux larges ailes éployées, que nous essayerons de définir plus tard. Cette divinité enveloppe dans ses bras un petit char en miniature; on distingue parfaitement, malgré l'extrême exiguïté des proportions, les chevaux au galop (?), le char armé du parasol, notre chasseur debout avec sa hache ou masse sur l'épaule, et le cocher se penchant sur son attelage.

Le petit char, vu de profil, est placé en *sens inverse* de la direction générale, de *gauche à droite*, c'est-à-dire qu'il est *retourné du côté du singe*. C'est la divinité elle-même qui l'a saisi, enlevé dans les airs, abrité sous ses ailes, soustrait au coup dirigé contre lui, et qui met le chasseur face à face avec le danger invisible qui le menace; de la main droite, la divinité semble pousser la roue du char du côté du singe[1]. C'est l'apparition classique au théâtre du *deus ex machina*.

Les herbes écrasées nous montrent le point même où a eu lieu l'assomption du char, et le sens dans lequel elles sont écrasées nous fait comprendre quelles étaient la position et l'orientation du véhicule en marche au moment du miracle.

L'artiste a-t-il voulu exprimer ici une intervention

[1] Tout le monde remarquera que nous avons ici un commentaire plastique des plus éloquents pour les nombreux passages bibliques où le dieu d'Israël *couvre de l'ombre de ses ailes* ceux qu'il veut soustraire à un danger, צל כנפים; *il les cache même, les abrite dans ses ailes*, סתר כנפים. Cette image est fréquente dans les Psaumes : XVIII, 8; XXXVI, 8; LVII, 2; LXI, 5; LXIII, 8; XCI, 4; elle se retrouve aussi ailleurs : Ruth, II, 12; Malachie, III, 20. En arabe, كنف veut dire à la fois *aile* et *protection* : في كنف الله sous la protection, littéralement *dans l'aile d'Allah*. Le rôle de la main droite ימין dans les interventions divines est aussi des plus marqués.

Cette scène capitale nous offre en outre, comme je le démontrerai, l'*iconographie formelle* : 1° de l'*assomption d'Élie*; 2° de l'*apothéose d'Hercule*.

surnaturelle effective, miraculeuse, ou bien énoncer allégoriquement que, grâce à une inspiration divine, le chasseur s'est retourné à temps, a vu le danger et va courir sus à son perfide adversaire? Le singe aura-t-il pu lancer sa pierre? Aura-t-il manqué son coup par suite de la disparition subite du but qu'il visait? La distinction est délicate; elle est d'ailleurs d'un intérêt secondaire pour nous, la signification générale de la scène n'étant point douteuse.

SCÈNE VII.

LA POURSUITE DU SINGE.

Le chasseur a donc aperçu le péril; il prend à son tour l'offensive. Le cocher, courbé sur ses chevaux, le fouet en main, les lance à fond de train sur le singe[1] qui fuit à gauche. L'attelage est, dans cette scène, et sans contestation possible, à l'*allure du galop*. Les chevaux ont déjà rejoint le singe et l'écrasent sous leurs sabots. L'animal n'a plus cette attitude quasi humaine de la scène précédente; il bondit maintenant à quatre pattes, blessé déjà peut-être par une des flèches que lui décoche le chasseur du haut de son char; il retourne la tête vers celui-ci tout en se sauvant.

Comme dans la scène précédente, au-dessus du char est déployé le parasol, et au-dessus des chevaux volent, dans le même sens qu'eux cette fois, deux oiseaux.

[1] Répété pour la troisième fois.

SCÈNE VIII.

LA MORT DU SINGE.

Le chasseur a sauté à bas du char pour achever le singe blessé. L'homme à pied, tourné vers la droite, est debout, le pied gauche posé sur le ventre de la bête qui s'affaisse sur elle-même et dirige vers lui sa face et sa main droite dans un geste de dernière menace ou de supplication. La bête crie, comme le montre sa bouche ouverte. Le chasseur, étendant au-dessus de la tête de son adversaire terrassé sa main gauche encore armée de l'arc, brandit de la droite la hache ou masse avec laquelle il va lui donner le coup de grâce.

Au-dessus du singe poursuivi de la scène VII et du singe mis à mort dans celle-ci (les deux animaux répétés se touchent) plane un épervier tourné à droite dont nous aurons à rechercher la signification.

SCÈNE IX.

L'ARRIVÉE (RETOUR).

Fin. — (Soir.)

Le chasseur, après cet exploit, est remonté dans son char et poursuit sa route.

Au-dessus de l'attelage qui trotte à gauche, oiseau connu volant dans le même sens. L'équipage offre ici absolument le même aspect que dans la scène I, symétrique, du départ.

Il faut regagner le temps qu'a fait perdre un épisode non moins tragique qu'imprévu; il est tard, le soleil va se coucher : le chasseur, aussi pressé de rentrer au logis avant la nuit qu'il l'était ce matin de le quitter, frappe de la main droite sur l'épaule du cocher qui se courbe sur ses chevaux en faisant claquer son fouet. . . . . Mais déjà il ne leur rend plus la main, il tient les guides plus serrées que dans la scène I; c'est que les voyageurs sont arrivés : les jambes de devant des chevaux sont en effet engagées derrière la tourelle qui flanque à gauche le château, ou la cité, où bêtes et gens vont trouver bon souper et bon gîte.

CHAPITRE II.

EXAMEN DE QUELQUES DÉTAILS.

Nous avons fait le tour complet de la coupe. Notre petit conte — un vrai conte de fées — finit précisément au point où il avait commencé, et à la plus grande gloire de notre héros.

Il nous faut maintenant revenir sur quelques détails dont j'ai à dessein abrégé ou ajourné l'explication pour ne pas ralentir outre mesure la marche du récit déjà trop embarrassée par de minutieuses mais d'ailleurs indispensables observations.

§ 1. — LES OISEAUX PASSANTS.

Ces oiseaux ne doivent pas être purement explétifs. L'artiste, dont nous connaissons maintenant l'esprit ingénieux et logique, a certainement, en les dessinant, entendu exprimer quelque chose. Tout ce qu'il a écrit doit être lu. Il n'y a rien de redondant ou de superflu dans cette rédaction à la fois sobre et détaillée. Mon premier sentiment était de voir dans ces oiseaux une espèce de déterminatif de la marche rapide des chevaux, une sorte de métaphore plastique traduisant matériellement l'image familière aux poëtes, les chevaux *aux pieds ailés*, les *chevaux rapides comme des oiseaux*. En effet, l'on remarque que ces oiseaux, passant à tire-d'aile, sont constamment associés à l'attelage du char, et qu'ils n'apparaissent pas là où le char ne joue pas un rôle effectif, par exemple dans tout le segment compris entre les scènes IV-VI.

Cette interprétation semblerait confirmée par l'aspect de la seconde zone, où les huit chevaux trottants sont accompagnés de seize oiseaux identiques à ceux dont nous discutons la valeur.

Nous retrouvons les mêmes volatiles figurant dans des scènes gravées sur le cratère d'argent doré qui a été découvert à côté de notre coupe dans le trésor de Palestrina[1]. Notons, chemin faisant, que la reproduction de ce détail éminemment caractéristique établit entre les deux monuments un lien des plus étroits et suffirait à leur faire assigner une origine commune, en dehors de toute autre analogie[2].

[1] *Cenni sopra l'arte*, etc., pl. XXXIII.

[2] Ce détail existe également sur plusieurs autres monuments con-

Sur le cratère, l'oiseau passant accompagne également des chevaux, non pas des chevaux de trait, mais des montures de cavaliers. Seulement, il se présente aussi au-dessus de *trois bœufs* passants[1], au-dessus d'un *lion et d'un cerf bondissants*, peut-être même au-dessus d'un *fantassin* en marche.

Ces associations tendraient donc à montrer qu'il n'y a pas de relation exclusive entre cet oiseau et le cheval. La seule chose qui reste, c'est qu'il accompagne des êtres en *marche*. Faut-il en conclure qu'il est destiné à marquer simplement le mouvement rapide ?

Mais alors notre coupe offre une particularité d'où il résulterait qu'il ne peut s'agir que du mouvement, et non pas du *sens du mouvement*. En effet, nous avons vu que, dans la première moitié de notre zone, les

génères dont nous aurons à parler plus loin, par exemple sur une des coupes de Larnaca. M. de Longpérier (Musée Napoléon III, *Choix de Monum.*, pl. X) considère ces oiseaux, sur ce dernier monument, comme marquant le mouvement.

Il faut aussi tenir compte de la valeur décorative que ces oiseaux pouvaient avoir; ils meublent très-convenablement les espaces vides au-dessus des scènes figurées.

[1] Ou plutôt un taureau, un veau et une génisse. Deux oiseaux sont au-dessus du taureau qui marche en tête; ils sont dessinés comme à l'ordinaire. L'oiseau qui est au-dessus de la génisse (fermant la marche) présente, au contraire, une variante curieuse : il s'arrête brusquement dans son vol, les ailes relevées, le corps incliné, les pattes pendantes, comme s'il allait se poser sur le dos de l'animal. Il est à noter que la génisse beugle, tandis que le taureau est figuré la bouche fermée et par conséquent muet. Il y a peut-être un rapport voulu entre le beuglement du quadrupède et la manœuvre insolite de l'oiseau. Nous aurons à revenir sur cette scène pastorale identique aux scènes décrites par Homère sur le bouclier d'Achille.

oiseaux volent en *sens inverse* des chevaux; c'est seulement dans la seconde moitié qu'ils volent dans le même sens qu'eux. L'on n'a pas oublié, du reste, que cette disposition semble avoir pour motif la division de la zone en deux segments à peu près égaux et symétriques.

De plus, si les deux oiseaux compris dans la scène IV (*la Halte*), et volant au-dessus des deux chevaux occupés à manger sous la surveillance du cocher, appartiennent bien à cette scène, comme cela paraît être, on ne peut plus dire qu'ils expriment le mouvement. A quoi bon d'ailleurs exprimer le mouvement par un signe spécial? De deux choses l'une, ou les acteurs sont en marche, ou ils sont au repos. Dans le premier cas, le mouvement est suffisamment indiqué par l'attitude même des acteurs, et l'emploi d'un symbole cinétique serait un pur pléonasme. Dans le second cas, cet emploi serait un contre-sens.

Je me suis par moments demandé si ces oiseaux, au nombre de huit, ou de neuf si l'on y joint l'épervier symbolique, n'auraient pas quelque chose à faire avec la division de notre histoire en neuf scènes. Mais j'ai dû écarter cette idée pour des motifs qu'il serait trop long et peu utile d'exposer.

Peut-être ne faut-il voir dans la présence de ces oiseaux autre chose que le déterminatif du ciel, de l'air, de l'espace libre dans lequel se meuvent personnages et animaux. Pour un Sémite, l'idée d'*oiseau* éveille immédiatement l'idée de *ciel* : עוף השמים

(*Genèse*, I, 30; VII, 7; IX, 2; *Psaumes*, CIV, 12, etc.), de même que l'idée de *poisson* éveille l'idée de *mer* : צפור שמים ודגי הים (*Psaumes*, VIII, 9). La convention qui consiste à indiquer le milieu par les êtres caractéristiques qui y vivent, est bien conforme à ce que nous connaissons des habitudes de l'art assyrien, dont les procédés ne sont pas à méconnaître dans l'exécution de notre coupe. Aujourd'hui encore les vols d'oiseaux en accents circonflexes, dont on ponctue les ciels de certains paysages, ne sont pas autre chose qu'une indication schématique du même genre, un moyen, pour ainsi dire, d'aérer artificiellement la perspective.

Ces oiseaux, quel que soit leur sens, sont passés, avec les scènes dont ils font partie, dans les peintures céramiques grecques, servilement copiées, comme nous le constaterons, sur des modèles orientaux identiques à ceux que nous étudions; là, ils sont souvent traités comme des rapaces, ou du moins ils sont considérés comme tels par la majorité des archéologues. Ils ont pu alors, comme les scènes elles-mêmes, changer de signification et prendre un caractère, soit augural, soit même, à l'occasion, psychique, caractère qu'ils n'ont certainement pas ici.

Nous retrouvons par exemple ces oiseaux sur une amphore grecque de style archaïque appartenant à la collection de Luynes [1] et sur laquelle est peint le combat d'Hercule contre le triple Géryon,

[1] De Luynes, *Descript. de quelques vases peints*, pl. VIII, p. 4.

combat imité (on le verra tout à l'heure) de la scène centrale de la coupe de Palestrina inscrite au nom de Echmounya'ad. Ces comparses ailés accompagnent là une file de cavaliers au galop, et se voient aussi au-dessus de l'attelage du char d'Hercule arrêté. Le même oiseau est répété de plus sur le *bouclier* circulaire d'un des trois Géryons; or, nos monuments de Palestrina nous offrent exactement le même cas. En effet, sur le cratère d'argent doré, l'oiseau passant, qui vole au-dessus de l'armée en marche, au-dessus des σῖρατιωτικά[1], comme dirait Pausanias, est reproduit à titre d'emblème héraldique sur l'écu circulaire d'un des fantassins (= le bouclier argien des archéologues). Les archéologues s'accordent, je l'ai déjà dit, à reconnaître, dans ces oiseaux de l'amphore et d'autres monuments grecs, des oiseaux de proie. Le rapprochement que nous venons de faire à ce sujet peut permettre d'hésiter aujourd'hui. L'on est autorisé à se demander non-seulement si les Grecs n'ont pas transformé en oiseaux de proie des oiseaux d'une autre nature figurant sur les monuments orientaux copiés par eux, mais même si ce sont bien des oiseaux de proie qu'ils ont *entendu* représenter. On sait que l'on est encore dans le doute sur la question de savoir si certains oiseaux volant à tire-d'aile, sur des monnaies des îles, sont des oiseaux de proie ou des pigeons[2].

[1] Pausanias, V, 18, 6, *Sur le troisième côté du coffre de Cypselus* (décoration orientale).

[2] Le type de ces oiseaux monétaires peut être aussi le résultat

S'il était possible de déterminer l'espèce à laquelle appartiennent les oiseaux sur notre coupe, il serait peut-être plus aisé d'en préciser la signification. N'était leur cou un peu allongé, on pourrait être tenté d'y voir des pigeons. Le pigeon était renommé, chez les Grecs comme chez les Sémites, pour la rapidité de son vol : dans Œdipe à Colone [1], le chœur demande les ailes de la colombe pour traverser les airs. Pline prétend que le vol de cet oiseau est supérieur à celui de l'épervier lui-même [2]. « Qui me donnera des ailes comme celles de la colombe pour m'envoler ! » s'écrie le Psalmiste [3]. Il y a dans Isaïe un curieux passage [4] où les *nuages qui traversent le ciel* sont mis en parallèle rigoureux avec les vols de colombes : cela fait songer au rôle de déterminatif aérien que j'ai proposé d'attribuer à nos oiseaux.

Peut-être est-ce la vue de monuments tels que les nôtres, et des pastiches innombrables qu'en ont faits les Grecs, qui a donné naissance, chez ces der-

d'un emprunt. Nous verrons que les monuments phéniciens que nous étudions ont, en dehors de la glyptique et de la toreutique, donné naissance à deux grands courants d'imitation chez les Grecs : 1° *les sujets des vases peints ;* 2° *les sujets des médailles.* Les Grecs ont transporté dans leur numismatique aussi bien que dans leur céramique les scènes orientales gravées sur nos coupes, soit en les isolant, soit en les rapprochant, suivant leur caprice, et en accompagnant le tout d'explications de leur cru, explications qui ont exercé sur leur mythologie une influence des plus profondes.

[1] Sophocle, *Œdipe à Colone.*

[2] Pline, *Hist. nat.*, X, 36.

[3] *Psaumes*, LV, 7.

[4] *Isaïe*, LX, 8 : מי־אלה כעב תעופינה וכיונים אל־ארבתיהם

niers, à ces fables étranges relatives au commerce des oiseaux et de certains quadrupèdes, fables dont Oppien, ou le poëte qui a pris son nom, s'est fait l'écho complaisant. Il nous décrit, dans son poëme de la chasse, les francolins se posant sur le *dos tacheté des cerfs cornus* (*νώτοισι ἐπὶ σκιτοῖσι*, ce détail caractéristique est tout à fait conforme à ce que nous montre notre coupe); les perdrix battant des ailes au-dessus des chevreuils pour les éventer et les rafraîchir; l'outarde amoureuse se laissant glisser dans les airs pour aller au-devant du *cheval galopant;* les sagres s'abattant sur les troupeaux de chèvres[1].

Il se peut que ces extravagances s'appuient sur l'observation de quelques faits réels, tels que les familiarités intéressées et bien connues des étourneaux et des moutons; mais peut-être aussi l'association plastique de ces oiseaux, mêlés aux bêtes de diverses espèces figurant sur des monuments qui ne sont pas autre chose qu'une véritable imagerie populaire, n'a-t-elle pas été sans influence sur la formation, le développement et la propagation de ces singulières idées.

[1] Oppien, *De la Chasse*, II, 426 :

> Θάμβος, ὅταν κερόεσσαν ἀχαϊνέην πτερόεντες
> Ατταγέες νώτοισιν ἐπὶ σκιτοῖσι θορόντες,
> Ἢ δόρκοις πέρδικες ἐπὶ πτερὰ πυκνὰ βαλόντες
> Ἱδρῶ ἀποψύχωσι, παρηγορέωσί τὲ θυμὸν
> Καύματος ἀζαλέοιο, λατυσσόμενοι πτερύγεσσιν,
> Ἢ ὁπότε προπάροιθεν ἴῃ καναχήποδος ἵππου
> Ὠτὶς ὀλισθαίνουσα δι' ἠέρος ἱμερόεσσα,
> Σαργοὶ δ' αἰπολίοισιν ἐπέχραον.

Cf. Élien et autres auteurs.

§ 2. — LE SINGE ET LE CERF.

M. Helbig a cru reconnaître dans les *trois singes* de la coupe, c'est-à-dire dans *le singe* répété *trois fois*, ou plutôt *quatre fois*, la race égyptienne appelée par les Grecs κυνοκέφαλος [1].

Il a consulté depuis sur ce point un naturaliste de ses compatriotes, M. Boll. Celui-ci lui a répondu que le type représenté par l'artiste ne pouvait être, avec toutes les particularités qu'il offre, précisément identifié avec aucune race, mais qu'il se rapprochait surtout du *Cynocephalus sphinx* et des différentes espèces de la famille des mandrills [2].

M. Boll doit avoir eu de bonnes raisons pour mo-

[1] *Bullettino*, art. cité.

[2] *Cenni sopra l'arte*, etc., p. 32. Voici la note de M. Boll : « L'essere le scimie raffigurate sulla tazza di Palestrina senza coda a primo aspetto potrebbe far supporre, che l'artista abbia voluto rappresentare una specie degli antropoidi (Orang, Gorilla, Chimpanse). Ma vi si oppongono le forme delle guancie, la statura atticiata, la soverchia cortezza delle estremità superiori e la *rassomiglianza della testa con quella del cane.* Cotali particolarità non sono proprie agli antropoidi ma si trovano tutte e quattro nella famiglia dei Paviani (*Cynocephali*). Nè dubito, che le scimie rappresentate sulla tazza non debbano attribuirsi a questa famiglia. Imperocchè accanto alle anzidette particolarità caratteristiche la mancanza della coda è di poco rilievo, avendo alcune specie di Paviani questo membro molto piccolo ed in guisa di mozzo. Ma non mi arrischio di determinare dentro la famiglia dei Paviani la precisa specie. In ogni caso è sicuro il fatto, che i Paviani rappresentati sulla tazza essenzialmente diversificano dal *Cynocephalus hamadryas* proprio all' Abessinia e spesso raffigurato sui monumenti egiziani. Essi rassomigliano molto più al *Cynocephalus sphinx* ed alle diverse specie del *Papio* (Mandrillo), a scimie dunque che vivono sulle coste occidentali dell' Africa.

tiver son jugement; je n'entends rien à l'histoire naturelle, et je ne me permettrai pas de lui faire des objections sur ce terrain. Cependant, je dois avouer que la ressemblance du profil de notre singe avec celui du *chien*, ressemblance signalée par M. Boll, est loin d'être frappante. Le cynocéphale, dont on peut voir quelques exemplaires vivants au Muséum, a un muffle beaucoup plus allongé; il n'a pas la taille colossale de notre animal; de plus, il a une queue[1], tandis que notre singe n'offre pas la plus petite trace d'appendice caudal. L'artiste est trop consciencieux dans ses représentations pour avoir omis un détail aussi caractéristique; il eût été plutôt certainement porté à l'exagérer.

M. Milne-Edwards fils, qui a bien voulu me donner son avis sur ce point, juge aussi qu'il est fort difficile de proposer une identification positive de l'animal; il regarde comme extrêmement douteux le rapprochement suggéré avec le cynocéphale.

Rien du reste n'est plus scabreux que de faire de l'histoire naturelle scientifique sur des documents archéologiques.

Ce qui est certain, selon moi, c'est que l'artiste a voulu nous montrer :

1° *Un singe*[2] :

L'angle facial et le profil de la bête, la villosité totale du corps, la flexion des membres postérieurs

[1] Quelquefois très-courte, il est vrai.

[2] Quand je dis un *singe*, je me tiens à la stricte et littérale tra-

marquant l'impossibilité physique d'atteindre à la station parfaite[1], l'emploi anti-humain de la main gauche pour lancer le projectile, les allures de quadrupède affectées par le quadrumane fuyant de la scène VII, le rapprochement de l'animal tapi dans sa tanière et des autres *animaux* de la forêt (lièvre et cerf), enfin le parallélisme même et la suite des idées, — le contexte, si j'ose m'exprimer ainsi, — scènes de *chasse*: chasse au *cerf*, chasse au *singe;* tout s'accorde pour marquer l'animalité de cet être ambigu.

duction de notre texte iconographique. Mais nous verrons plus loin que cette scène est susceptible d'une interprétation mythologique extrêmement curieuse, et que l'acteur simien, l'homme sauvage, qui y prend une part si naturelle, si réaliste, est devenu, pour les imagiers grecs, calquant pour ainsi dire ce sujet, un véritable *satyre.* La légende italo-hellénique s'est alors emparée de cet être imaginaire et l'a chargé d'un double rôle; d'une part, il est devenu le satyre qui éteint le feu du bûcher dans l'apothéose d'Hercule; d'autre part, il a été immatriculé, sous le nom de Cacus (avec son antre sis *au pied de l'Aventin*), dans la famille des monstres occis par le héros phénicien. De même, notre épisode de la *chasse au cerf* est devenu, dans l'iconographie grecque, *la prise du cerf d'Arcadie, aux cornes d'or, aux pieds d'airain.* Mais l'origine plastique de ces fables, et d'autres encore, qui rentrent dans ce que j'appellerai la *mythologie oculaire,* par opposition à la *mythologie auriculaire,* fera l'objet d'un chapitre spécial, où je montrerai que le cycle héracléen, en particulier, peut s'expliquer d'un bout à l'autre et dans ses détails les plus minimes, les plus obscurs jusqu'ici, par le cycle matériel des images se déroulant autour de nos coupes phéniciennes.

[1] Il faut considérer dans cette scène le singe comme *debout*, non pas pour *marcher,* ou pour *courir,* mais pour *lancer* plus loin et plus fort son projectile. Quand il s'agit de courir (scène VII), la bête est à *quatre pattes;* il est vrai qu'à ce moment elle est peut-être déjà frappée d'une flèche ou culbutée par les chevaux.

2° *Un singe anthropomorphe* (au sens étymologique du mot) :

Taille colossale; absence de queue; emploi d'armes de jet, et aussi de la massue; habitudes solitaires; mise à mort de l'animal copiée sur la mise à mort des ennemis humains par les rois égyptiens; peut-être même, rôle emblématique de l'épervier planant au-dessus de cette scène sanglante.

3° *Un singe troglodyte* :

Existence indubitable de la *caverne* répétée deux fois.

Je ne me charge pas de faire dans ces détails la part respective de la vérité, de l'inexactitude et de l'arbitraire. Les naturalistes trouveront certainement, par exemple, que l'anthropomorphisme est exclusif du troglodytisme[1]; que l'usage d'armes, même aussi

[1] On s'accorde en effet aujourd'hui à refuser aux grands singes anthropomorphes le troglodytisme; ils sont considérés comme spécialement arboricoles, et les anciennes dénominations, encore en usage quelquefois, de *troglodytes gorilla*, de *homo troglodytes* (chimpanzé) ne doivent pas être prises au pied de la lettre. Cependant, selon du Chaillu, le gorille, qu'on est naturellement tenté de reconnaître dans le singe de notre coupe, ne niche pas dans les arbres, comme l'assurent les naturalistes, mais il habite dans des vallées profondes, bien boisées, ou sur des hauteurs très-escarpées, *au milieu de gros quartiers de rochers* dont il fait alors ses *repaires favoris*. Le gorille ne vit pas en troupe. Les individus les plus féroces sont, comme l'éléphant solitaire, les *vieux mâles isolés*. On a contesté l'exactitude de ces renseignements. En tout cas, réels ou légendaires, il faut avouer qu'ils cadrent singulièrement avec les données de notre coupe et, par conséquent, avec les idées, plus ou moins soutenables, qui avaient cours chez les Phéniciens, relativement aux grands singes africains, vers l'époque où fut exécuté ce monument.

primitives que la pierre et le bâton, usage attribué encore aujourd'hui aux grands singes par la croyance populaire, est du domaine de la légende pure; que la représentation de l'animal pèche par plusieurs côtés, etc.

Mais toutes ces erreurs s'expliquent sans peine pour peu qu'on réfléchisse aux éléments d'information que pouvait avoir notre artiste pour dessiner son singe.

La ligne de démarcation qui sépare l'homme du singe n'a jamais été très-précise dans l'esprit des nations anciennes; elle ne l'est pas davantage, comme l'on sait, dans l'esprit des peuplades non civilisées de nos jours. Tout le monde se rappelle le curieux épisode du Périple de Hannon relatif aux *gorilles*. L'expédition carthaginoise parvenue sur la côte occidentale d'Afrique, jusqu'au Gabon, rencontra une île pleine d'*hommes sauvages* et de femmes *velues* que les interprètes désignaient sous le nom de *gorilles*[1].

Les marins carthaginois essayèrent vainement de s'emparer de quelques *hommes* qui se *défendirent avec des pierres* (des rochers qu'ils faisaient rouler?); trois *femmes* seulement tombèrent entre leurs mains et opposèrent une résistance telle qu'on dut les abattre. On en rapporta les peaux à Carthage [2].

[1] *Geographi Græci minores*, I, 13 et 14.

[2] Elles furent consacrées dans le temple de Tanit (= *Juno*), c'est-à-dire, comme nous le verrons, de la déesse même qui, sur notre monument, protége le chasseur contre l'attaque du singe. Les temples renfermaient, comme on le sait, de véritables *galeries de*

Les Carthaginois n'ont donc pas ignoré l'existence du gorille. Il n'y aurait pas lieu par conséquent d'être étonné que l'artiste eût représenté, plus ou moins exactement, et, si l'on veut, avec addition de quelques traits de fantaisie, un individu de cette

curiosités; le sanctuaire antique était, la plupart du temps, doublé d'un *musée*, voire même d'un *muséum*, au sens français du mot. Les dépouilles des gorilles rapportées par l'expédition carthaginoise et visibles jusqu'à la prise de Carthage par les Romains (*spectatas usque ad Carthaginem captam*, Pline, VI, 36) pouvaient donc fournir des indications utiles à un artiste indigène curieux de reproduire un spécimen de ces rares animaux.

Ici encore la fable n'a pas tardé à s'emparer de ces éléments d'information pour les métamorphoser en légendes. Déjà, dans Pomponius Mela (III, 9), les *femmes sauvages* de Hannon, les gorilles femelles, sont devenues des êtres fantastiques peuplant une grande île africaine, à l'exclusion des mâles, sans le secours desquels elles peuvent concevoir! D'autres auteurs veulent y reconnaître les Amazones! D'autres encore, s'appuyant sur une analogie de sons, y voient les *Gorgones* (cf. les notes de Ch. Müller au Périple de Hannon, *Geogr. Gr. min.*, p. 14). Marius, au dire d'Athénée (V, 64), aurait eu, pendant son expédition d'Afrique, affaire aux Gorgones, espèces de *πρόβατα* (!) sauvages des plus singulières. A l'instar de Hannon, Marius aurait rapporté à Rome les peaux de quelques-uns de ces animaux merveilleux et les aurait exposées dans le temple d'Héraklès.

La relation établie entre les trois gorilles de Hannon et les trois Gorgones libyennes de Persée, pour arbitraire qu'elle soit, n'en a pas moins été grosse de conséquences. Elle a permis d'introduire, à l'aide d'un véritable doublet, dans le cycle de Persée, ces mêmes tableaux déjà incorporés au cycle d'Hercule. L'imagination grecque, aux prises avec la scène du combat contre les gorilles, tel qu'il est figuré sur notre coupe, et tel qu'il pouvait l'être, avec quelques variantes, sur d'autres monuments orientaux congénères, ou sur des monuments helléniques copiés sur ceux-ci, a pu très-aisément l'expliquer par l'histoire de *Persée tuant l'une des trois Gorgones;* nous retrouvons dans notre scène jusqu'à l'arme caractéristique de Persée, la *harpé*, et aussi l'origine plastique de la naissance si bizarre de Pégase, s'élançant du race[1] dont les mœurs peu connues, même aujourd'hui, pouvaient servir, comme elles servent encore, de thème à toute sorte de fables.

Ce ne serait point un des moindres attraits de notre coupe phénicienne, si elle nous offrait une sorte d'illustration indirecte du texte du Périple de Hannon.

Ici surgit une nouvelle difficulté, si l'on veut localiser la scène en Afrique et lui appliquer, dans toute leur rigueur, les règles zoologiques.

C'est la question du cerf.

Cervos prope modum sola non gignit, nous dit catégoriquement Pline[2], en parlant de l'Afrique. Et les naturalistes modernes semblent lui donner raison, car le *cervus barbarus* qui se rencontre aujourd'hui en Tunisie et sur les côtes de Barbarie est considéré généralement comme une variété dégénérée et rabougrie du *cervus elaphus* européen (?), apparu à une époque relativement récente.

Élien se prononce dans le même sens que Pline.

tronc de Méduse décapitée (interprétation abusive d'un des chevaux du char qui écrasent sous leurs sabots le gorille renversé). Le sexe du singe répété trois fois n'étant pas indiqué par l'artiste, la glose populaire avait toute liberté de se prononcer pour le sexe féminin. Mais toute cette question rentre également dans le système de mythologie iconographique que j'ai indiqué d'un mot, et qui sera traité en détail dans un chapitre spécial.

[1] M. Fr. Lenormant pense aussi aux singes africains, soit aux gorilles, soit (toutes proportions gardées) aux magots de l'Atlas (*Comptes rendus* des séances de l'Académie des inscriptions et belles-lettres pour l'année 1876, p. 269).

[2] *Hist. nat.*, VIII, 51.

Il refuse à l'Afrique non-seulement le cerf, mais encore le sanglier[1].

Pline et Élien ne me paraissent être d'ailleurs ici que l'écho d'auteurs plus anciens. En effet, Aristote avait dit avant eux qu'il n'y avait dans toute la Libye ni porc sauvage, ni cerf, ni chèvre sauvage[2].

Nous pouvons même remonter encore plus haut en suivant cette assertion qui s'est probablement transmise de proche en proche. Elle est déjà dans Hérodote qui en est peut-être le véritable auteur.

Hérodote énumère longuement les divers animaux qui se trouvent en Libye, et il ajoute : « Toutes ces sortes d'animaux se rencontrent en ce pays, et, outre cela, tous ceux qui existent ailleurs, *excepté le cerf et le sanglier, car il n'y a ni sanglier ni cerf en Libye*[3]. »

[1] Élien, *De nat. animal.*, XVII, 10 : *Ἐν δὲ Λιβύῃ συῶν ἀγρίων ἀπορία ἐστὶ καὶ ἐλάφων.*

[2] Aristote, III, p. 169, 3 (éd. Didot) : *Ἐν δὲ Λιβύῃ πάσῃ οὔτε σῦς ἄγριός ἐστιν, οὔτ' ἔλαφος, οὔτ' αἴξ ἄγριος.* Aristote est le seul à signaler l'absence de la chèvre sauvage en Afrique. Élien se trouve sur ce point en contradiction formelle avec lui, car il consacre, au contraire, un chapitre spécial aux *chèvres sauvages de Libye* (XIV, 16). Y aurait-il eu ici quelque confusion entre Λιβύα et Λυκία ?

[3] Hérodote, IV, 192 : *Πλὴν ἐλάφου τε καὶ ὑὸς ἀγρίου· ἔλαφος δὲ καὶ ὗς ἄγριος ἐν Λιβύῃ πάμπαν οὐκ ἔστιν.* Cf. *Comment.* d'Eustathe, *Geogr. min.*, II, 248.

Les *ἄγριοι ἄνδρες καὶ γυναῖκες ἄγριαι*, dont Hérodote parle dans le paragraphe immédiatement précédent (IV, 191), et qu'il classe à la suite des *animaux* de la Libye, rappellent tout à fait les *femmes sauvages* du Périple de Hannon, et nous montrent à quel point les Libyens étaient frappés de l'aspect anthropomorphe des grands singes à la race desquels appartient l'être, à la fois satyrique et simien, tué par notre chasseur.

On ne saurait méconnaître la gravité de ces témoignages, particulièrement du dernier.

Toutefois, je dois mettre en regard un passage d'un auteur ancien qui ferait supposer l'existence du cerf en Afrique, et cela dans une région fort éloignée des parages méditerranéens. Le Périple de Scylax mentionne, parmi les objets de trafic rapportés de l'île de Kerné (sur la côte nord-ouest d'Afrique) par les vaisseaux phéniciens, des peaux de *cerfs*, de lions, de panthères, d'éléphants, etc. [1].

Resterait à savoir si le mot ἐλάφων désigne bien ici, comme ailleurs, des *cerfs*, selon l'acception vulgaire de ce mot.

On pourrait encore invoquer, en faveur de l'existence du cerf en Afrique, *ab antiquo*, et aux environs même de Carthage, le témoignage de Virgile[2]. Énée, jeté par la tempête sur la côte de Libye, à la hauteur de Carthage, aperçoit trois cerfs errant sur le rivage :

. . . tres littore cervos
Prospicit errantes.

suivis de tout un troupeau :

. . . hos tota armenta sequuntur
A tergo, et longum per valles pascitur agmen.

Le poëte nous peint d'un mot la fière allure des mâles portant haut leur tête aux *cornes ramifiées :*

. . . capita alta ferentes
Cornibus arboreis.

[1] *Geographi Græci min.*, I, 94.
[2] *Énéide*, I, 180 et suiv.

Énée en abat sept à coups de flèches, et les Troyens affamés leur font subir la même opération que celle à laquelle nous assistons sur notre monument :

> Tergora diripiunt costis et viscera nudant.

Le *cornibus arboreis* est caractéristique et désigne certainement le cerf. Le lieu de la scène est en parfait accord avec la provenance punique de la coupe. Il est vrai qu'il n'est pas toujours prudent d'admettre sans réserve les dires des poëtes, de ceux-là même qui passent pour être le plus exacts.

Un fait incontestable, c'est que le cerf figure dans les représentations égyptiennes des tombeaux des Beni-Hassan et de Thèbes. Ce cerf, remarque Wilkinson, est inconnu dans la vallée du Nil, mais on le rencontre encore dans le voisinage des lacs de Natroun et aussi vers Tunis, jamais toutefois entre le Nil et la mer Rouge[1].

Enfin, des documents authentiquement puniques, que j'examinerai de plus près dans le paragraphe intitulé : *Le sacrifice du cerf dans le rituel carthaginois*, nous prouveront irrécusablement que ces animaux devaient exister en grand nombre non loin de Carthage. L'étude de ces documents nous fournira en outre des indications de nature à élucider un peu cette question si controversée du cerf africain, et à mettre d'accord, sur ce point, les conclusions de la

[1] G. Wilkinson, *Manners and Customs of the ancient Egyptians*, III, p. 25.

science et de l'histoire avec les données de l'archéologie.

Le cerf de notre coupe offre en outre une particularité qui, ici, est une véritable singularité, et qui ne laissera pas de frapper vivement l'attention des naturalistes : c'est sa peau tachetée.

Chez les cerfs ordinaires, ce sont seulement les jeunes faons qui portent une livrée ainsi mouchetée. Plus tard, cette livrée disparaît et fait place à une robe unie, quand l'animal arrive à l'âge adulte. Or, notre cerf a atteint tout son développement, comme le montre sa ramure. Il y a une race de cerfs qui conserve à tous les âges ces taches caractéristiques (blanches), c'est celle des cerfs *axis* (= ἴορκος). Mais les axis [1] appartiennent exclusivement à l'Asie (bords du Gange, Ceylan, etc.), et s'il fallait leur rapporter notre cerf, il faudrait, du même coup, pour

[1] Le bouclier d'un des personnages figurant dans la scène peinte autour du col de l'amphore de Volci (de Luynes, *Descript. de quelques vases peints*, I, 1) est orné d'un cerf à peau tachetée, que le duc de Luynes qualifie d'axis. Mais ici les taches semblent être positivement un parti pris décoratif, car on les rencontre, également limitées au tronc de l'animal, sur une chèvre et sur un cheval représentés sur les boucliers des autres combattants.

On a cru aussi reconnaître des cerfs axis sur quelques gemmes perses et sassanides (n°s 564, 565, 568 des collections du Louvre). Il serait désirable de soumettre tous ces monuments, et d'autres encore qui forment avec eux un groupe naturel, à un examen rigoureux, afin de voir si l'animal qui y figure ne serait pas soit un daim, soit un cerf d'une race intermédiaire entre le daim et le cerf proprement dit, soit enfin un animal de fantaisie emprunté par l'artiste à quelque bestiaire traditionnel.

A en croire Ovide, l'indiscret Actéon, métamorphosé en cerf, être logique, renoncer à voir le gorille dans notre singe.

Il y a pour ainsi dire incompatibilité géographique entre l'*axis* et le *gorille.*

On pourrait être aussi tenté de songer au daim vulgaire qui, comme l'axis, est marqué de taches blanches *permanentes*, susceptibles, par conséquent, de coexister avec une ramure développée. Seulement, la ramure du daim diffère sensiblement des bois ronds du cerf : elle est palmée et aplatie au sommet des andouillers (= le *πλατύκερως*, le Ἔλαφος *εὐρύκερως*). L'animal de notre coupe, s'il a le poil du daim, a tout à fait la ramure du cerf avec les andouillers très-nettement détachés, et sans traces apparentes d'empaumures[1].

Les artistes anciens savaient parfaitement faire la différence du cerf et du daim.

Un exemple authentique du daim sur un monument oriental nous est fourni par un bas-relief de Ninive gravé dans le grand ouvrage de Layard[2]. Un

aurait revêtu une robe tachetée, qui rappelle celle du daim ou de l'axis :

et velat maculoso vellere corpus.

(*Métam.*, III, 199).

L'emploi du mot *vellus* pour désigner la peau du cerf peut sembler impropre au premier abord; mais Ovide s'en sert également en parlant de la peau du lion.

[1] L'axis n'a que deux andouillers, mais le *cervus mandarinus* (chinois), qui lui est étroitement apparenté, a trois andouillers.

[2] Layard, *The monuments of Niniveh*, first series, pl. 35; *winged figure carrying a stag.*

personnage ailé, barbu, tient de la main droite une branche d'arbre, et sur son bras gauche un ruminant cornu, entièrement couvert de taches ovales [1]. C'est à tort que la lettre de la gravure et M. Layard lui-même qualifient cet animal de *cerf* (*stag*); c'est un *daim* admirablement reproduit. Ses cornes aplaties, aux larges empaumures, le caractérisent de la façon la plus nette. Cet animal est encore répété, à ce qu'il semble, sur des ornements de robe (à figures) de la même provenance, gravés à la planche XLIV du même ouvrage : les cornes sont toujours palmées, mais les taches n'existent pas ou, du moins, ne sont plus visibles.

Je signalerai encore un très-beau spécimen de daim aux cornes empaumées, à la peau tachetée, sur un cylindre babylonien de la collection de Luynes [2].

[1] Ce personnage mythologique, qui a pour pendant un personnage de tout point semblable (même planche), mais portant, au lieu d'un daim, une chèvre sauvage ou un bouquetin (*wild goat*), offre, à mon sens, le rapport le plus frappant avec un certain type archaïque d'Apollon, je veux parler du célèbre Apollon Philesios, jeté en bronze par Canachus de Sicyone, qui se voyait dans le Didymæon de Milet, et qui présentait sur sa main étendue un faon. Quant à la branche tenue par la divinité assyrienne (dans le pendant c'est une palme?), elle fait songer à cette branche de laurier qu'agite l'Apollon purificateur, par exemple sur les monnaies de Caulonia. Mais ce rapprochement ne pourra prendre toute sa valeur qu'après les observations générales que j'aurai à exposer sur l'imitation par les Grecs de modèles orientaux.

[2] Bibliothèque nationale. Il m'a été impossible d'apercevoir, à travers la vitrine, on ne peut plus mal disposée pour l'étude, le numéro de ce monument. La bête passe à droite entre deux arbres.

L'histoire et la distribution géographique des cervidés est d'ailleurs un problème très-obscur qui a longtemps divisé les naturalistes, et sur la solution duquel ils ne sont pas encore tout à fait d'accord entre eux. Ainsi le daim, par exemple, a été quelquefois tenu pour originaire de *Barbarie*.

Fr. Cuvier décrit un *Cervus dama Mauritanicus* qui se retrouve depuis la Pologne jusqu'en Perse, et qui a des bois à empaumures moins larges que celles du daim ordinaire, avec de très-légères indications de taches blanches.

G. Cuvier rapporte qu'il a vu un daim sauvage qui avait été tué dans les bois au sud de Tunis [1].

Je citerai à ce sujet un passage de l'*Encyclopédie d'Histoire naturelle*, du Dr Chenu, qui peut jeter une certaine lumière sur le point qui nous intéresse :

« Quant au *cerf d'Algérie* qu'on rencontre principalement dans la province de Constantine, entre Oran et La Calle (*sic*) [2], que l'on a longtemps regardé comme une simple variété du *cervus elaphus*, il semble bien démontré aujourd'hui, d'après les travaux de MM. Gray et Bennett, que c'est bien une espèce particulière dans laquelle on remarque surtout des *taches blanchâtres permanentes sur les flancs*, ce qui

[1] Je suis redevable de cette indication à l'un de mes élèves, M. Ferté.

[2] Il y a ici un évident *lapsus*, comme l'a fait fort justement remarquer M. Deloche, membre de l'Institut, pendant que je lisais ces quelques pages devant l'Académie. Il faut remplacer apparemment *Oran* par *Bone*.

tend à lier, par cette espèce, le cerf commun au daim[1]. »

Le plus sage serait peut-être alors de rattacher le petit cerf tacheté de notre coupe à une espèce, je ne dis pas indigène, mais propre à l'Afrique, de taille médiocre, et intermédiaire entre le daim et le cerf.

Il convient, au surplus, d'accueillir avec une certaine circonspection les taches dont est marqué ce cerf, car l'artiste a également moucheté le pelage des deux chiens (au centre de la coupe), et même celui du lièvre, ce qui, dans ce dernier cas, paraît être une simple affaire de fantaisie. Cependant, les monuments égyptiens (tombeaux des Beni-Hassan, à Thèbes, *ap.* Wilkinson) nous offrent des images de lièvres tout à fait semblables, images sur lesquelles celle de notre coupe est pour ainsi dire calquée. Il faut aussi noter que le cerf qui figure dans ces représentations égyptiennes et que l'on a, comme nous l'avons vu, rapproché du *cervus barbarus*, n'est pas tacheté comme le nôtre.

Assurément, il serait dangereux de prendre pour argent comptant des données archéologiques susceptibles de modifier les conclusions les plus récentes de la science. D'autre part, l'on ne devrait pas être surpris outre mesure de voir sur un monument antique des faits en contradiction avec ces conclusions.

Il est nécessaire avant tout de faire la part de la liberté avec laquelle les artistes, aussi bien que les

[1] Dr Chenu, *Encyclopédie d'histoire naturelle*, pachydermes, ruminants, etc., p. 123.

poëtes, ont de tout temps combiné des éléments parfois fort disparates; c'est là un des priviléges de l'imagination.

> Pictoribus atque poetis
> Quidlibet audendi semper fuit æqua potestas.

Notre coupe phénicienne pourrait donc parfaitement nous montrer à côté d'un singe africain un cerf européen, ou asiatique, dont l'image aurait été empruntée par l'artiste à quelque bestiaire conventionnel. Nous allons voir en effet que cette coupe rentre dans un groupe de monuments congénères dont les analogies ne peuvent bien s'expliquer que par l'existence d'une sorte de manuel uniforme, de guide iconographique, lui-même d'origine fort hétérogène, et auquel puisaient avec plus ou moins de scrupule les orfévres phéniciens.

Nous reprendrons la question du cerf, au paragraphe 5, après avoir touché deux points dont l'examen préalable est nécessaire pour continuer l'étude de ce détail, et nous essayerons de résoudre le problème dont l'enquête ouverte à propos de ce détail nous a incidemment révélé l'existence : *l'origine du cerf africain*.

§ 3. — LE SACRIFICE.

Dans l'hypothèse où les différents meubles et ustensiles disposés par le chasseur pour procéder à cette cérémonie en plein vent auraient été apportés par lui, et sortiraient, comme le parasol, du char qui l'a amené jusqu'au lieu de halte, l'on serait certainement en droit de chicaner; l'on pourrait, en s'appuyant sur la règle que la partie ou la somme des parties ne saurait être plus grande que le tout, mettre au défi d'expliquer comment un aussi petit char pouvait contenir, outre les deux personnes qui le montent, les deux autels, le siége, l'escabeau, le cratère, etc., voire même la mangeoire des deux chevaux. Mais il ne faut pas oublier que la convention a une place évidente dans toutes ces représentations, et qu'on ne saurait sérieusement demander à un artiste, même oriental, ou, si l'on veut, surtout oriental, d'observer dans son dessin une échelle rigoureuse.

L'objection tirée du *poids* des objets pourrait être plus spécieuse que l'objection tirée de leur *volume*, parce qu'elle est absolue et indépendante des dimensions respectives attribuées par l'artiste au char et aux objets. Il est clair que si tous ces meubles sont *massifs*, le char qui les transporterait, au lieu d'être un rapide équipage de chasse, deviendrait une véritable voiture de déménagement. Mais tel n'est point le cas. En y regardant bien, l'on voit que le siége, les autels, la mangeoire, sont formés de minces montants réunis par des traverses, de simples tiges assemblées en X de manière à constituer des espèces de carcasses aussi légères que stables et résistantes. Les spécimens de ce genre de meubles ne sont pas rares en Égypte et en Assyrie; nous avons, sans aller plus loin, dans le trésor même de Palestrina, un trépied de bronze qui consiste en une petite cuve, un *lebes*, montée sur trois longues tiges métalliques et qui peut nous donner une idée des autels de notre chasseur, si l'on veut les considérer comme portatifs.

Au surplus, nous avons toujours la ressource de diviser la difficulté et d'admettre que plusieurs objets, sinon tous, les autels par exemple, n'ont pas été transportés par le char. Il s'agit peut-être ici d'un sanctuaire fixe, quoique fort simple, disposé à une époque antérieure dans ce lieu agreste. Rien ne nous oblige à supposer que notre chasseur vient pour la première fois dans ces parages. Peut-être bien même était-ce là le terme habituel de ses courses et le lieu ordinaire de ses haltes de chasse.

§ 4. — LE SACRIFICE ET LE REPAS.

La nature même de la cérémonie soulève des questions de la plus haute importance.

Il y a deux autels; sur l'un est un cratère avec son *simpulum*, sur l'autre un véritable fourneau où flambe du feu. Il y a donc à la fois une offrande liquide, une libation et une offrande ignée.

Ce n'est pas un pur hasard qui a fait mettre au-dessus du sacrifice liquide le disque ou globe lunaire emboîté par le croissant qui en caractérise les phases[1],

[1] On peut hésiter sur la nature du disque embrassé par le *croissant*. On serait en droit d'y voir aussi bien le disque du soleil, considéré comme *enfanté par la lune*, conception symbolique dont je montrerai plus bas une curieuse et indéniable application sur la coupe phénicienne du Varvakeion. En tout cas, le *croissant* ne laisse ici aucun doute sur la *signification lunaire* de ce complexe, ce qui, pour nous, est l'essentiel.

Remarquons, dès maintenant, que cet ensemble (renversé) du disque et du croissant est, en particulier, l'image de la déesse Tanit, et au-dessus du sacrifice igné, le disque solaire ailé. Dans les religions orientales, le feu est l'apanage des dieux, l'eau, et les liquides en général, celui des déesses. Nous voyons ici ces deux formes sexuelles de la divinité, mâle et femelle, solaire et lunaire, faire elles-mêmes, et simultanément, l'élection de l'offrande spéciale qui leur revient, qui leur convient.

Je n'insisterai pas sur ce détail qui jette un jour des plus vifs sur les doctrines théogoniques visées dans cette coupe et qui mériterait toute une dissertation. Je me hâte de passer aux révélations que cette scène nous apporte sur les pratiques du culte proprement dit.

La logique, la suite naturelle de notre petite histoire descriptive, appelait un acte que nous ne voyons point : *le repas du chasseur*. Récapitulons. Notre homme part de chez lui le matin, entre en chasse, tue un cerf, fait halte au milieu du jour dans un bois, dételle, fait manger ses bêtes, écorche et vide sa pièce de gibier..... A quoi s'attend-on? A le voir manger lui-même; il a encore une longue traite à fournir avant de rentrer chez lui; l'artiste le sait bien, puisqu'il va nous raconter les péripéties émouvantes du retour. Au milieu de ces scènes de la vie réelle si complaisamment détaillées, la scène du repas avait sa place marquée, et nous la cherchons vainement.

et, à ce titre, est constamment associé, sur les monuments carthaginois, comme sur notre coupe, au disque solaire ailé, emblème de Baal-Hammon, parèdre mâle de Tanit.

Pour moi, *la scène du repas est la scène même du sacrifice.* L'artiste ne nous montre seulement que le prélude religieux de ce repas, le *benedicite* en quelque sorte; la suite est sous-entendue.

Tout est disposé, le breuvage est dans le cratère avec le *simpulum*, ou la louche, pour y puiser; des quartiers du cerf rôtissent sur l'autel-fourneau, sur le *foculus*, le *tannour*. Le chasseur, après avoir vaqué à tous ces soins du ménage et préparé lui-même sa nourriture, s'assied à l'ombre du parasol. Mais avant de manger, en bon croyant, il fait manger ses dieux; il les invite à prendre leur part du repas, il leur en fait officiellement les honneurs, il leur présente, en se tenant au port d'armes, le pain qu'il va rompre, et appelle leur bénédiction sur les mets auxquels il n'a pas encore touché. C'est un *qorban* dans toute la force du terme, un זבח שלמים.

Telle est bien l'antique idée du sacrifice, qui est avant tout un *lectisternium, epulæ sacræ*, ou plutôt une sorte de communion de la divinité et de l'officiant, simulacre pour la première, réalité pour le second. Les hommes ont, dès l'origine, prêté aux dieux, faits à leur image, leurs propres besoins, comme ils leur ont attribué leurs passions. La meilleure manière de se rendre favorables ces êtres puissants qui ont toutes nos faiblesses, c'est de satisfaire à leurs besoins imaginaires. Les dieux ont faim, les dieux ont soif; ils sont friands de la graisse et du sang des victimes; ils aiment le vin[1] épandu autour de leurs autels.

[1] Pour rester sur le domaine sémitique, cf. ce que dit la Vigne

Ce qui, sur notre monument, attire et retient au-dessus du *tannour* flamboyant le disque solaire battant des ailes et dardant par en bas, vers le brasier, comme des langues de feu[1], ce n'est pas seulement le pétillement de la flamme, c'est la fumée appétissante de la viande grillée, ce parfum du sacrifice qui réjouit Jéhovah lui-même : ריח ניחח ליהוה[2].

La liturgie des peuples sémitiques et les locutions mêmes de la Bible offrent à cet égard des traits bien intéressants, et notre monument est sous ce rapport d'une inappréciable valeur.

Les prophètes israélites, parlant au nom de la pure morale, ont, il est vrai, élevé à plusieurs reprises, contre cette doctrine toute matérielle du sacrifice, de véhémentes protestations dont les fondateurs du christianisme se sont faits l'écho énergique. Mais ces protestations ne font que mieux attester la réalité et la popularité de cette doctrine; quant à sa persistance, il suffit de se rappeler que, si le Nouveau Tes-

dans l'apologue de Jotham, sur le mont Garizim : « Abandonnerai-je mon *jus qui réjouit les Elohims et les hommes?* » (המשמח אלהים), *Juges*, IX, 13.

[1] Sur nombre de monuments égyptiens représentant des scènes analogues, le disque divin lance par en bas des rayons qui sont de *véritables bras armés de petites mains prenantes.* Ces mains multiples, symétriquement distribuées en *gauches et droites*, tiennent différents symboles, et saisissent même parfois les offrandes disposées sur l'autel. Cf. les dieux d'Homère prenant part aux repas.

[2] *Lévitique*, I, 9, 13, 17. — Cf. *Nombres*, XV, 3, 24; XXVIII, 2, 6, 8, 13, etc. *ὀσμὴ εὐωδίας*. Cf. Genèse, VIII, 21, où nous voyons Jéhovah humant l'odeur de l'holocauste de Noé : וירח יהוה את־ריח הניחח.

tament enseigne aux hommes la prière en leur disant de demander à leur Père qui est au ciel leur pain quotidien, le Zohar nous parle encore des *Israélites nourrissant leur Père qui est au ciel :* ישראל מפרנם לאביהם שבשמים [1].

Ces analogies, qu'il serait facile d'étendre, m'enhardissent à regarder comme un *pain* l'objet indéterminé qui est sur la main du personnage assis. La forme de cet objet rappelle tout à fait celle de certains pains égyptiens, et l'on sait que le *pain* tenait une place considérable dans le rite israélite, qui peut nous fournir une idée des rites phéniciens; l'on connaît en effet les *pains de proposition*, les *pains sacrés de Jéhovah*, לחם הפנים, לחם המערכת, לחם התמיד, לחם קדש [2].

Nous avons là l'équivalent de l'*oratio propositionis panis* ou *protheseos* de la liturgie de l'Église orientale.

Il n'est pas hors de propos de rappeler à ce sujet les gâteaux sacrés, les כונים, offerts par les Israélites idolâtres à la *reine des cieux;* ces offrandes étaient précisément accompagnées de libations [3]. Ces pratiques, contre lesquelles Jérémie n'a pas assez d'invectives, se rapprochent d'autant plus naturellement de celles qui sont figurées sur notre coupe, que la

[1] Zohar, III, 7-6.

[2] Cf. לחם אלהים הם מקריבם, *Lévitique*, XXI, 6; cf. *ibid.*, 8, 17, 21, 22; XXII, 25.

Ἄρτοι ἐνώπιοι, ἄρτοι τοῦ προσώπου, ἄρτοι τῆς προθέσεως, ἄρτοι τῆς προσφορᾶς, ἄρτοι τοῦ Θεοῦ.

[3] *Jérémie*, VII, 18; XLIV, 17, 25.

divinité à laquelle s'adresse en première ligne notre chasseur, la divinité à qui semblent spécialement destinées la libation et la proposition du pain eulogique, la divinité qui est caractérisée par le symbole lunaire, se dévoile plus loin comme une divinité féminine, une véritable מלכת השמים; elle n'est autre, en effet, comme nous le verrons, que la déesse carthaginoise Tanit.

Ainsi, en résumé, la scène du *sacrifice*, véritable communion sous les deux espèces, doit être ici l'expression abrégée du *repas;* c'est une sorte de synecdoche figurative. Je crois qu'il convient d'accorder souvent la même signification à des cérémonies semblables représentées sur nombre d'autres monuments, où l'artiste a écrit *sacrifice* et où l'archéologue, sous peine de contre-sens, doit lire *repas*. Mais je ne saurais m'engager maintenant dans cette question de traverse.

§ 5. — LE SACRIFICE DU CERF DANS LE RITUEL CARTHAGINOIS.

J'ai dit que c'était le cerf *tué* par notre chasseur, puis *écorché* et *vidé* par lui, qui avait dû lui fournir les éléments de son *sacrifice* et de son *repas*, ce qui est tout un, comme je crois l'avoir établi.

Cela demande quelque explication.

D'abord il n'est pas inutile de faire remarquer que le cerf appartient, dans la zoologie hiératique des Israélites, au groupe des *animaux purs*, c'est-à-dire des animaux dont la chair peut servir de nourriture à l'homme. Le cerf rentre, en effet, dans la classe des *ruminants* à *sabot divisé*[1]. D'ailleurs, le cerf, איל, est expressément nommé par la Bible parmi les principaux animaux qui, satisfaisant à cette double condition, peuvent être mangés[2]. Les Phéniciens n'étaient certainement pas plus scrupuleux que les Israélites sous ce rapport.

Mais aucun passage biblique n'inscrit le cerf au nombre des animaux qui peuvent être *offerts en sacrifice*. On pourrait à la rigueur alléguer que le cerf est virtuellement compris parmi les *quadrupèdes purs*, בהמה הטהרה, immolés par Noé au sortir de l'arche[3]. Nous avons heureusement à notre service un argument moins frêle et tout à fait topique. La fameuse inscription carthaginoise découverte à Marseille contient le tarif des sacrifices offerts dans le temple de Baal, très-probablement de Baal-Hammon, c'est-à-dire de la divinité même adorée par notre chasseur. Ce tarif énumère, en dehors des oiseaux, plusieurs espèces d'animaux, de quadrupèdes, pouvant être immolés. Je suis l'ordre du texte original :

1° Le bœuf.................... אלף.
2° Le veau et le *cerf*............ עגל, איל.
3° Le bélier et la chèvre......... יבל, עז.
4° L'agneau, le chevreau et le *faon*. אמר, גדא, צרב איל

Les traductions mises en regard du nom de ces animaux sont, pour la plupart, entièrement con-

[1] *Lévitique*, II, 3-4. Cf. *Deutéronome*, XIV, 6.

[2] *Deutéronome*, XII, 15, 22; XIV, 4, 5; XV, 22. Cf. I *Rois*, IV, 23 (à propos du service de bouche de Salomon).

[3] *Genèse*, VIII, 20.

formes à l'usage de l'hébreu; elles sont généralement admises par tous les savants qui se sont occupés de ce texte. A peine a-t-on voulu introduire, pour un ou deux mots, une légère nuance: par exemple pour עגל[1].

La chose qui nous intéresse, c'est de savoir si l'on est réellement autorisé à attribuer ici à איל le sens de *cerf*, sens que ce mot a en effet en hébreu. Cela ne semble au premier abord souffrir aucune difficulté, et personne n'a hésité sérieusement jusqu'ici sur ce point. Cependant, en y regardant bien, l'on pourrait éprouver des doutes graves sur la légitimité de cette traduction :

1° Il est assez singulier de voir un animal sauvage comme le cerf associé dans un même tarif à des animaux domestiques;

2° Ne faudrait-il pas lire, pour supprimer cette singularité, אַיִל pour אַיָּל, et traduire par *bélier* au lieu de *cerf ?*

Je m'occuperai d'abord du second point.

אַיָּל et אַיִל sont en effet graphiquement identiques, si l'on fait abstraction des voyelles, ainsi qu'il convient dans un texte où elles ne sont pas exprimées. Donc, liberté de choisir entre ces deux formes. Toutefois, il faut dès maintenant remarquer qu'on s'attendrait plutôt, d'après les habitudes orthographiques du phénicien, à voir אַיִל écrit *defective :* אל . La présence du *yod* semblerait témoigner que cette lettre a ici une fonction importante et plus compliquée que

[1] P. Schrœder, *Die phönizische Sprache*, p. 244 :... «Kein Kalb, sondern ein *junges Rind.*»

celle de servir de support à un simple *khireq*, et que nous avons par conséquent affaire au mot אַיָּל = *ayyâl* = cerf.

D'un autre côté, si איל était le *bélier*, il ferait double emploi avec יבל qui a précisément cette signification, au moins en hébreu, et qui figure également dans notre texte. Il n'y aurait qu'une ressource, ce serait d'attribuer arbitrairement à יבל le sens de *bouc*. Le bouc, en effet, manque, ou plutôt semble manquer dans ce groupe d'animaux où sa place paraissait naturellement marquée.

Pour bien se rendre compte de cette difficulté, il est nécessaire d'examiner d'un peu plus près cette partie de l'inscription.

La disposition générale du tarif de Marseille est faite selon un ordre rigoureux, dont on n'a peut-être pas suffisamment tenu compte jusqu'ici. Les animaux et les matières susceptibles d'être offerts en sacrifice y sont évidemment classés *selon leur importance*, d'après une échelle *décroissante*, commençant au *bœuf* et descendant jusqu'à la plus humble offrande (*gâteau*, *lait*, *graisse* ou *beurre*). Les quadrupèdes sont subdivisés en quatre catégories qu'il faut considérer comme respectivement composées d'éléments à peu près équivalents, placés sur la même ligne :

I. 1 : bœuf.
II. 2 : veau ; 3 : *cerf* (?).
III. 4 : bélier ; 5 : chèvre.
IV. 6 : agneau ; 7 : chevreau ; 8 : *faon* (?).

Si l'on a mêlé dans la teneur du tarif ces huit éléments, ce mélange n'est pas aussi arbitraire qu'il le paraît au premier coup d'œil. On a réuni, en effet, ceux qui étaient considérés comme à peu près égaux (en poids, et par conséquent en valeur), et cela en procédant toujours *decrescendo*. Cette distribution ne doit pas empêcher de reconnaître la parfaite symétrie qui règle les rapports de ces animaux entre eux.

I. *Quatre* espèces d'animaux adultes :

1° *bœuf;* 2° *cerf* (?); 3° *bélier;* 4° *chèvre.*

II. Les *quatre* jeunes qui leur correspondent spécifiquement :

1° *veau;* 2° *faon* (?); 3° *agneau;* 4° *chevreau.*

Cette comparaison méthodique et le parallélisme rigoureux qui en résulte nous prouvent tout de suite plusieurs choses :

D'abord qu'on a eu tort d'hésiter à rendre עגל par *veau*[1]; l'*agneau* et le *chevreau* du contexte, pour ne pas parler du *faon* qui est encore sujet à caution, lèvent toute espèce de doutes à cet égard.

Ensuite, qu'il est impossible d'accepter la traduction, essayée plus haut, de יבל par *bouc*, en faisant passer la signification constante de ce mot, celle de *bélier*, à איל. En effet, qu'arriverait-il alors? C'est que nous n'aurions plus que *trois espèces* d'animaux au lieu de quatre :

1° le bœuf; 2° le bélier; 3° le bouc + la chèvre.
1° אלף; 2° איל; 3° עז+יבל.

[1] Schrœder, *loc. cit.*

Or, nous avons positivement *quatre petits* différents qui nécessitent *quatre* animaux *adultes* correspondants. Il nous faut donc renoncer à rendre איל par *bélier*, et force nous est de revenir à la valeur de *cerf* que ce mot a en hébreu.

Enfin, cette comparaison nous fait voir que עז doit probablement être ici rendu par *bouc* et non par *chèvre*, à cause de l'analogie générale (noms des *mâles*). Je puis pour cette dernière conséquence produire une indication qui tend à établir en effet que עז avait en phénicien, et particulièrement en carthaginois, le sens de *bouc*. Dioscoride (IV, 50) nous a conservé le nom punique d'une plante appelée *herbe aux boucs*, en grec *τράγιον*, sous la forme transcrite : ΑΧΟΙΟΣΙΜ ou ΑΧΑΙΟΣΙΜ. Il est difficile de ne pas reconnaître dans ce mot, avec Gesenius, אחי עזים (=Ἀχοί+*οσίμ*) *herba caprarum*, ou, pour s'en tenir rigoureusement à la traduction grecque *τράγιον*, *herba hircorum*. Donc, עז = *hircus*. D'ailleurs, il est possible, il est même probable, que les quatre mots אלף, איל, יבל et עז ne désignent pas plus dans l'inscription les mâles que les femelles de chaque espèce, mais *l'espèce même d'une façon générique*, sans distinction de sexe : c'est ainsi que nous disons vulgairement *bœuf*, *cheval*, *mouton*, etc., indifféremment pour chacun de ces animaux, qu'il soit mâle, femelle, ou même neutre[1].

[1] On pourrait aussi se demander si les rites carthaginois n'exigeaient pas, pour les sacrifices, des animaux d'un sexe déterminé qui pouvait varier selon les espèces.

Ainsi, il ne nous reste même plus l'expédient de faire passer, ce qui serait d'ailleurs absolument arbitraire, le sens de *bouc* au mot איל, puisque ce sens appartient à עז. De plus, le fait que le texte n'a pas un nom spécial pour le *petit* du איל et se sert d'une sorte de périphrase (צרב איל), achève de nous prouver qu'il s'agit bien du cerf; si nous avions affaire à un animal domestique ordinaire, il est plus que probable que le petit de cet animal serait désigné par un mot particulier[1].

Voilà donc le cerf expressément mentionné dans un document phénicien, très-probablement carthaginois, car bien des considérations donnent à penser que l'inscription de Marseille est originaire d'Afrique. Cependant, l'on pourrait encore douter à l'égard de ce dernier point et prétendre que ce document, trouvé, somme toute, en Gaule, règle le culte carthaginois en l'appropriant aux conditions d'une contrée étrangère, et prouve tout au plus l'existence du cerf en Gaule, mais nullement en Afrique.

[1] Le contexte montre clairement que צרב איל est *le petit du cerf*. Néanmoins, l'origine même du mot צרב reste encore obscure; les divers rapprochements auxquels on a eu recours sont médiocrement satisfaisants : شرب = *l'animal qui tette*; طرث = *être nouveau, récent, jeune*, etc. (Meyer et Ewald, *ap.* Schrœder, *Die phön. Spr.* 245). Faudrait-il songer, en s'appuyant sur צרבת = *cicatrice* (de brûlure; *Lévitique*, XIII, 23, 28; il s'agit du diagnostic de la lèpre et de la nature de certaines *taches blanches* de la peau), aux *taches blanches* caractéristiques des jeunes faons, taches qui disparaissent à l'âge adulte dans l'espèce ordinaire des cerfs? J'insiste d'autant moins sur cette conjecture, qu'elle serait grosse de conséquences pour l'identification de la race des cerfs africains.

Cette objection tombe devant le fait suivant. L'on a découvert, à *Carthage même,* un second exemplaire (avec quelques variantes) très-mutilé de notre tarif[1], et ici encore (ligne 5) apparaît le *faon,* le צרב איל.

Cette fois, il n'est plus permis d'hésiter. Cette double attestation et le contrôle auquel nous l'avons soumise, établissent que les Carthaginois, en Afrique, immolaient pour leurs dieux l'animal appelé איל, et que cet animal ne saurait être que le *cerf.* Voilà, soit dit en passant, qui doit peser d'un certain poids dans la question si balancée du cerf africain, que nous avons touchée plus haut, et vers laquelle nous sommes de nouveau ramenés.

Reste alors la difficulté que j'avais mentionnée en première ligne et dont j'ai dû ajourner jusqu'à ce moment l'examen. Comment le cerf est-il associé dans un même tarif à des animaux *domestiques?* Il est clair que cet animal sauvage faisait chez les Carthaginois l'objet de sacrifices courants, qu'il était coté tout comme le bélier ou le bouc. Cela ne laisse pas, il faut l'avouer, d'être bizarre. L'on comprend à la rigueur l'offrande de cette bête, à titre exceptionnel; mais l'offrande usuelle, tarifée? L'on ne se procure pas, il semble, à volonté un cerf ou un faon comme l'on fait d'un bœuf ou d'un chevreau.

C'est pourquoi j'oserai me demander, quelque hardie que cette conjecture puisse paraître, si les

[1] *Inscriptions.... in the British Museum,* pl. XXXII.

Carthaginois ne possédaient pas le cerf à l'état de *domesticité*, ou tout au moins de *demi-domesticité*. L'on n'ignore pas que le cerf se prête parfaitement à la domestication. Cerfs, daims, chevreuils, etc., se laissent élever chez nous dans des parcs clos et s'apprivoisent même facilement. Mais aux Indes, l'élève du cerf se pratique tout à fait en grand. Le cerf est devenu là un véritable animal de boucherie; il est méthodiquement engraissé et contribue, dans une assez forte proportion, à l'alimentation humaine. Voici ce que dit à ce sujet le docteur Pucheran dans son excellente monographie du genre cerf[1] :

«Dans l'Inde .... cette espèce (le cerf *axis*) est domestiquée, et on l'engraisse et on la mange comme l'on fait du cerf-cochon.»

Et plus loin[2] :

«On sait que cette espèce (le cerf-cochon) est réduite dans l'Inde à l'état de domesticité. Son nom de cerf-cochon doit même lui être venu de cette circonstance qu'on l'engraisse et qu'on le mange comme l'on fait du cochon dans nos climats.»

Sans prétendre que le cerf se trouvait chez les Carthaginois dans des conditions identiques, on peut admettre qu'il s'y trouvait dans des conditions analogues. Les habitudes des Égyptiens, voisins des Carthaginois, sont très-favorables à cette manière

[1] *Archives du Muséum d'histoire naturelle*, vol. VI, p. 424. — Cf. Dr. Chenu, *Encyclopédie d'histoire naturelle*, pachydermes, ruminants, etc., p. 124.

[2] *Id.*, p. 430.

de voir. En Égypte, les riches personnages possédaient, dans leurs domaines de la vallée du Nil, des parcs et des réserves, où ils entretenaient quantité de gibier, bouquetins, oryx, gazelles, etc. Des garde-chasse étaient chargés de veiller à la conservation, à la reproduction et à la nourriture de ces animaux. L'on voit souvent représentés, dans les peintures des tombes, parmi les possessions du défunt, de nombreux troupeaux de gazelles et autres bêtes sauvages, dont les scribes font le recensement[1].

En Asie, mêmes coutumes. Il suffit de se rappeler les grands parcs ou paradis assyriens demeurés en faveur jusque sous les Sassanides.

Pourquoi les Carthaginois n'auraient-ils pas fait comme les Assyriens et les Égyptiens qu'ils ont imités en tout?

Le rôle d'éleveurs, et même d'importateurs d'animaux, rôle que je suis tenté pour tous ces motifs d'attribuer aux Phéniciens d'Afrique, semblera moins invraisemblable si l'on veut bien se rappeler ce que l'antiquité classique nous raconte elle-même de l'habileté proverbiale des Carthaginois pour tout ce qui touchait à l'agronomie. Ce serait une erreur de croire que la fille de Tyr devait toute sa richesse à la mer seule dont elle demeura longtemps la reine incontestée. Elle ne négligeait pas de tirer de la terre, de la région la plus féconde de la Libye, un non moindre tribut. Nulle part l'agriculture ne fut plus en hon-

[1] Wilkinson, *Manners and Customs of the ancient Egyptians*, III, 7 et 8.

neur que chez les Carthaginois; la haute aristocratie elle-même s'y adonnait avec un goût et un succès qui nous sont attestés par Diodore de Sicile et qui excitaient l'admiration d'Agathoclès lui-même[1]. Les ouvrages techniques des auteurs carthaginois faisaient autorité sur la matière. L'on n'ignore pas que le grand traité de Magon, traduit en latin sur l'ordre du sénat, devint la base fondamentale de la science agricole pour les Romains. Parmi les vingt-huit livres qui le composaient, il devait y en avoir certainement plusieurs consacrés à l'élevage des animaux, qui avait une grande importance pour les fermiers carthaginois[2].

Or nous voyons précisément, par les ouvrages latins, que l'élevage raisonné et systématique des animaux sauvages, du gibier, tenait une place considérable dans l'agronomie antique à côté de l'élevage des bestiaux.

Il ne sera peut-être pas inutile, pour achever notre édification, d'entrer à ce sujet dans quelques détails.

Columelle, qui, né à Gadès, avait peut-être du sang punique dans les veines, et qui avait voyagé en

[1] Diodore de Sicile, XX, 8.

[2] Et aussi pour les populations libyennes indigènes. Lire à ce sujet le curieux passage de Polybe (XII, 3, 4), protestant contre les assertions de Timée relativement à la prétendue stérilité de l'Afrique, et contre les erreurs accréditées au sujet des animaux de la même contrée. Polybe signale en Libye des chevaux, bœufs, moutons, chèvres aussi nombreux, dit-il, qu'en aucun lieu du monde : une grande partie des habitants ne cultive pas la terre et vit exclusivement du produit des bestiaux.

Syrie et en Cilicie, parle dans son livre VIII de l'élevage du gibier (*villaticæ pastiones sicut pecuariæ*) comme utile aux métayers, *soit pour l'entretien de la table, soit pour la vente au dehors.* Il mentionne, à côté des volières, des colombiers, des viviers, des parcs à oies, les garennes ou *λαγοτροφεῖα.* Il nous apprend que les Romains appelaient *vivaria* les garennes de gibier : *pecudum silvestrium quæ nemoribus clausis custodiuntur, vivaria.*

Plus loin, au livre IX, il revient sur cette question (*ad tutelam pecudum silvestrium*). C'était une *ancienne coutume*, dit-il, d'avoir auprès de la ferme, et le plus souvent au-dessous de l'habitation du maître, des parcs remplis de lièvres, de chevreuils, de sangliers. Ces parcs servaient, soit au plaisir de la chasse, *soit aux besoins de la table; c'étaient des sortes de garde-manger* [1].

Il énumère parmi les bêtes soumises à ce régime les chevreuils, les daims, différentes *espèces* d'oryx, de *cerfs* et de sangliers. Il y avait là à la fois pour le propriétaire une source de plaisir et de *revenu* [2].

On nourrissait les bêtes à la main, à peu près de la même façon que les animaux domestiques, en

[1] Columelle, *De re rustica*, IX : « Siquidem mos antiquus lepusculis capreisque, ac subus feris juxta villam plerumque subjecta dominicis habitationibus ponebat vivaria, ut e conspectu suo clausa venatio possidentis oblectaret oculos, et cum exegisset usus epularum, velut e cella promeretur..... »

[2] *Id.* « Feræ pecudes ut capreoli, damæque, nec minus orygum *cervorumque genera* et aprorum, modo lautitiis ac voluptatibus dominorum serviunt, modo quæstui ac reditibus. »

leur donnant de l'orge, de la farine de froment, des fèves, du marc de raisin. Le garde-chasse devait avoir particulièrement l'œil sur celles qui mettaient bas et leur donner du grain. Columelle recommande de ne pas trop tarder *à tirer parti* des animaux qui ont atteint leur développement et qui ne peuvent que *perdre de leur valeur* passé un certain âge. Le *cerf*, dit-il, pourtant, peut être conservé plusieurs années[1].

Suivent de minutieuses instructions sur la manière de clore les parcs et de nourrir les bêtes. Il conseille d'y lâcher quelques animaux préalablement apprivoisés, pour engager les autres à venir prendre leur nourriture artificielle.

Varron s'était déjà exprimé à peu près de la même façon que Columelle sur cette importante branche de l'agronomie.

Il nous apprend que Sejus *vendait ses sangliers* aux *bouchers de la ville*[2].

Il ne manque pas l'occasion de faire un peu de philologie à propos du mot *leporarium*, qu'on ne doit plus entendre, dit-il, comme on le faisait anciennement, d'une garenne de *lièvres*, mais d'un parc quelconque contenant toute espèce de gibier.

[1] Columelle, « Semperque de manu cibos et aquam praebet. . . Eadem fere sunt pecudum silvestrium pabula, quæ domesticarum. . . . Ordeoque alere, vel adoreo farre aut faba, plurimumque etiam vinaceis . . . . . Custos vivarii frequenter speculari debebit, si jam effoetæ sint, ut manu datis sustineantur frumentis. . . . Cervus tamen compluribus annis sustineri potest. »

[2] Varron, *De re rustica*, III, II : « Et num pluris nunc tu e villa illic natos verres lanio vendis quam hic apros macellario Sejus ? »

Il fait observer, avec l'accent mélancolique du *laudator temporis acti*, combien les parcs grandioses de son époque, peuplés de *cerfs* et de chevreuils et s'étendant sur des espaces immenses, rappellent peu, malgré leur nom de *leporaria*, les garennes du bon vieux temps qui n'avaient pour tous hôtes que quelques modestes lièvres et se contentaient d'occuper un bout de champ d'un ou deux arpents au plus [1].

Il nous montre la population sauvage de ces magnifiques réserves accourant familièrement à l'appel du cor sonné par le garde-chasse, et venant prendre leur pât, des glands pour les sangliers, de la vesce ou autre viandis pour le reste.

Il paraît même que certains grands seigneurs romains avaient parfois la fantaisie, pour se divertir eux et leur compagnie, d'agrémenter cette opération d'une petite mise en scène mythologique; le *buccinator* était costumé en Orphée, et les sons de sa trompe exerçaient sur les fauves alléchés l'action magique de la lyre charmeresse [2].

[1] Varron, III, III : « Leporaria te accipere volo, non ea quæ tritavi nostri dicebant, ubi soliti lepores sint, sed omnia septa, afficta villæ quæ sunt, et habent inclusa animalia, quæ pascantur. » *Id.* III, XII : « Nam neque solum lepores eo includuntur silva, ut olim in jugero agelli, aut duobus, sed etiam cervi aut capreæ in jugeribus multis. » Puis détails sur les lièvres, les lapins, etc.

[2] Varron, III, XIII. Dans l'antiquité classique, les exemples de cerfs apprivoisés ne sont pas rares : le cerf de Sylvia (Virgile, *Énéide*, VII); le cerf de Cyparissus (Ovide, *Métamorphoses*, X, f. 3); le cerf de Capoue (Silius Italicus, XIII); les onze faons ornés de colliers du cyclope de Théocrite (*Idylle* XI); la biche de Sertorius, etc.

Ce que les Romains faisaient si complaisamment, est-ce que les Carthaginois, maîtres des Romains en agronomie, n'ont pas pu, n'ont pas dû le faire comme eux, et avant eux?

Quoi de plus naturel si les colons phéniciens installés en Afrique ont voulu peupler leurs parcs en y multipliant un animal qui en est l'hôte traditionnel, un animal avec lequel ils étaient familiers sur les côtes de Syrie, et qui devait leur rappeler la mère-patrie? Est-il impossible que ce peuple éminemment pratique ait voulu établir dans une certaine mesure la reproduction d'une bête dont la chair offrait, et offre encore en Asie, de notables ressources pour l'alimentation régulière de l'homme?

Si nous admettons que chez les Carthaginois le cerf était, sinon à l'état de complète domesticité, comme chez certaines populations asiatiques, du moins à l'état de semi-domesticité, cela nous rendrait compte de bien des choses.

D'abord, en puisant dans les parcs, dans les *Θηριοτροφεῖα*, où, conformément à ce système, devaient être tenus les cerfs, l'on pouvait se procurer à volonté un individu de cette espèce, jeune ou adulte, aussi aisément qu'un bœuf ou un veau : il est moins surprenant dès lors de voir le cerf inscrit dans les tarifs à côté d'autres herbivores incontestablement domestiques et comestibles. Ensuite, l'élève du cerf s'accorderait à merveille avec l'hypothèse d'une acclimatation, ou plutôt d'une naturalisation, et ce serait en particulier pour les zoologistes un bien grand soulagement si la présence du cerf en Afrique pouvait être expliquée historiquement par une intervention humaine qui serait le fait des Phéniciens. Nous aurions aussi plus de latitude pour l'espèce à laquelle il conviendrait de rapporter ces cerfs domestiques, en tenant compte seulement de cette probabilité que la race doit plutôt appartenir à l'Asie qu'à l'Europe. Il serait, dans cette hypothèse, indiqué de rattacher à cette origine le cerf actuel d'Algérie et de Barbarie. Ce cerf serait le descendant de cette race importée qui, tout en demeurant dans son nouvel habitat, aurait fait retour à l'état sauvage avec d'autant plus de facilité que la domestication qu'elle a pu anciennement subir n'a jamais dû être aussi complète, aussi profonde que celle du bœuf, du cheval, du mouton, et autres bêtes esclaves séculaires de l'homme. Si l'on éprouve quelque scrupule à accepter cette conjecture, qu'on veuille bien songer à ce qui s'est passé pour l'introduction, historiquement certaine, dans l'Amérique méridionale, du cheval, qui y vit aujourd'hui à l'état sauvage dans des conditions d'indépendance absolue.

Les assertions des auteurs anciens concernant l'absence du cerf en Afrique devraient en conséquence être prises d'une façon relative et entendues au sens de l'*aborigénat*. Il est supposable qu'elles s'appliquent au cerf à l'état sauvage et non pas au cerf domestiqué. Il est même assez curieux de voir, dans le passage d'Aristote cité plus haut, le cerf enclavé entre le *porc sauvage* et la *chèvre sauvage;* la qualification *ἄγριος*, donnée ici au porc et à la chèvre, autorise virtuellement à admettre l'existence en Afrique de ces deux derniers animaux à *l'état domestique*, et cette induction peut être étendue au cerf qui figure en leur compagnie.

Je ne dois pas négliger à ce sujet un autre indice qui m'est également fourni par Aristote. Cet auteur parle à deux reprises de la *castration des cerfs*, à propos de l'influence que cette opération exerce sur le développement des cornes chez ces animaux. Cette pratique paraît supposer des habitudes d'élevage et d'engraissement méthodiques, d'autant plus qu'Aristote la mentionne à propos des effets de la castration sur les animaux *domestiques*, oiseaux et quadrupèdes[1].

Il convient de rapprocher encore un autre passage du même auteur (à la fin du livre IX de son Histoire des animaux), qui semble bien aussi faire allusion à la domestication, au moins accidentelle, du cerf. C'est à propos du mérycisme qui, dit-il, ne peut guère être observé, parmi les ruminants sauvages, que chez ceux d'entre eux qui sont parfois soumis à l'élevage, *tels que le cerf*: *ὅσα μὴ συντρέφεται ἐνίοτε, οἷον ἔλαφος*. Pline ne me paraît pas avoir ici correctement entendu Aristote quand il dit (X, 73): *ruminant, præter jam dicta, sylvestrium cervi, quum a nobis aluntur*. Heureusement, la méprise de Pline ne porte pas sur le point qui nous intéresse, et qui est, non

[1] Aristote, éd. Didot, III, XLVI, 35, et III, CCVIII, 21.

pas de savoir si, dans l'idée des anciens, le cerf ruminait oui ou non, qu'il fût en liberté ou domestiqué, mais bien de savoir si les anciens en pratiquaient la domestication.

J'aurai encore à ajouter sur la question du cerf, de sa conservation dans des bois sacrés adjacents à certains sanctuaires, de son rôle essentiel dans les rites orientaux, quelques détails importants qui corroborent les conclusions auxquelles nous avons été insensiblement amenés. Je me réserve d'exposer ces détails complémentaires après les deux paragraphes suivants, où j'essaye d'établir que la déesse qui reçoit l'hommage de notre chasseur et lui sauve la vie n'est autre que la Tanit de Carthage, la déesse phénicienne qui a pour correspondant officiel dans le panthéon hellénique : *Artémis*.

En attendant, il résulte de ce premier ensemble de faits que le sacrifice du cerf et du faon était fort bien reçu dans le temple du Baal africain. Un cerf était aussi agréable à la divinité qu'un veau : il valait moins qu'un bœuf, mais plus qu'un bélier ou qu'une chèvre (bouc).

Les deux tarifs phéniciens en question mentionnent trois sortes de sacrifices qui paraissent être le כלל, le צועת, et le שלם כלל. Le sacrifice qu'accomplit notre chasseur doit rentrer dans l'une de ces trois catégories.

Ainsi, nous retrouvons donc dans deux documents authentiques phéniciens, et spécialement carthaginois, la mention formelle de la cérémonie figurée sur notre coupe et de l'animal que j'avais conjecturé devoir en faire les frais : le *cerf*.

Puisque cette matière des tarifs des sacrifices carthaginois s'est présentée sur mon chemin, qu'il me soit permis d'ajouter un dernier mot à ce sujet. Il y aurait d'instructifs rapprochements à faire entre ce document sémitique, que nous possédons pour ainsi dire en double expédition, et un document grec qu'on n'a pas encore songé à lui comparer. C'est un fragment de décret en dialecte milésien recueilli à Milet et publié par M. O. Rayet[1]. Ce décret, gravé sur marbre, en très-beaux caractères du ve siècle, réglait le partage des chairs des victimes dans les sacrifices faits à Apollon Didyméen et à d'autres divinités. Il y est question, comme dans nos tarifs phéniciens, de la destination des différentes parties des animaux immolés : la *peau* (τὰ δέρματα), les *reins* ou le *filet* (ὀσφύν), la *langue* (γλῶσσαν), le *gigot* (κωλῆν), etc. Ce qu'il y a de très-curieux comme coïncidence, c'est que ce décret de Milet, entre autres priviléges, réserve *au prêtre la peau de la victime* : (*l.* 1 : *λαμβάνειν δὲ τὰ δέρματα* [*καὶ*] *τὰ ἄλλα γέρεα*; et *l.* 7-8 : *διδόναι δὲ τῷ ἱερεῖ τὰ γέρεα ἅπερ ἡ πόλις διδοῖ...χωρ*[*ὶς*] *δέρματ*[*ος*][2]. Or telle est la prescription du rituel israélite[3]; telle est aussi celle qui est inscrite dans le règlement de Carthage (הערת לכהנם, *passim*); seul, le

[1] *Revue archéologique*, 1874, II, p. 106.
[2] Ou plutôt peut-être *δερμάτ*[*ων*].
[3] *Lévitique*, VII, 8.

tarif de Marseille s'écarte ici du décret de Milet, des ordonnances du Lévitique et du tarif de Carthage; il dispose que la peau de l'animal fera retour à l'auteur du sacrifice.

Cette dernière question, en ce qui concerne notre monument, est toute résolue. Notre chasseur étant en même temps l'auteur et l'exécuteur du sacrifice, l'attribution des dépouilles de l'animal ne saurait soulever aucun débat.

Nous ne devons pas être surpris de voir un laïque remplir des fonctions ordinairement réservées aux prêtres. Maint passage biblique nous prouve que chez les Israélites même, les rois, de hauts personnages, etc., avaient parfaitement qualité pour accomplir de leurs propres mains le sacrifice qui, plus tard, devint l'apanage exclusif d'une caste, d'une famille (celle d'Aaron)[1]. Du reste, la nature tout à fait familière de l'opération, dont le sacrifice n'est ici que la préface religieuse, explique bien et justifie le rôle hiératique assumé momentanément par notre chasseur. En tout cas, ce personnage, roi ou grand seigneur, est certainement d'un rang qui lui permet à l'occasion de prétendre au privilége sacerdotal.

§ 6. — LA DÉESSE TUTÉLAIRE : TANIT.

La récompense due à la vertu, à la piété, à l'exactitude mise à remplir les devoirs religieux, ne se fait

[1] A. Kuenen, *Histoire de l'Ancien Testament*, I, 186 et suiv.

pas attendre. Le chasseur en danger de mort est sauvé par l'intervention miraculeuse de la divinité qu'il vient d'honorer et qui a peut-être en outre une injure personnelle à venger, si le singe, comme il est permis de le croire, a profané, conspué, souillé le sacrifice à elle offert.

Le sexe de cette divinité n'est point difficile à déterminer, bien qu'elle n'apparaisse que sous la forme d'une tête, de deux ailes et de deux bras. La face *triangulaire*, imberbe, encadrée par deux larges boucles de cheveux s'étalant symétriquement à droite et à gauche sur les épaules absentes, est l'exacte reproduction de la tête si caractéristique de la déesse égyptienne *Hathor*.

L'adjonction des ailes, qui a d'ailleurs ses analogues sur les monuments égyptiens, est peut-être ici un trait appartenant plutôt à l'art assyrien. N'oublions pas que nous avons affaire à un monument *phénicien*, et que le propre de l'art phénicien est de combiner, en proportions variables, des éléments égyptiens et assyriens.

Or c'est justement de préférence à l'Isis-Hathor égyptienne que les Phéniciens ont été, à des époques diverses, demander la forme corporelle de leurs déesses. Voici, en dehors de la coupe de Palestrina, quelques monuments où des déesses sémitiques se présentent sous cette figure :

1° Sur les stèles égyptiennes (de Paris, Londres et Turin) contenant la triade Khem-Ammon, Reseph et la déesse phénicienne, *Kecht* ou *Kent*, *Qedech* (à côté de *ʿAnat*);

2° Sur la stèle phénicienne de Byblos si magistralement expliquée par M. de Vogüé (= *Ba'lat Gebal*);

3° Sur un fragment de bas-relief (avec hiéroglyphes) découvert par M. E. Renan non loin du monument précédent;

4° Sur le bas-relief d'Ascalon (au Louvre, Atargatis? basse époque);

5° Sur un double masque de verre bleu recueilli par moi à Ascalon (aujourd'hui au British Museum).

On pourrait facilement multiplier ces exemples.

L'individualité de notre déesse serait assurément mieux définie si sa tête était surmontée de l'un de ces attributs symboliques qui constituent généralement la coiffure des prototypes égyptiens sur lesquels elle est modelée. Mais l'absence de ce détail ne saurait fournir matière à objection sérieuse. Il suffit, pour s'en assurer, de comparer l'une des stèles égyptiennes citées plus haut sous le n° 1, la stèle du Louvre, à une autre similaire, celle du British Museum. Sur la première, la déesse phénicienne a la tête surmontée des cornes en croissant avec le disque à l'intérieur; sur la seconde, cet ornement typique a entièrement disparu, et la déesse n'a plus pour toute coiffure que ses cheveux massés à peu près comme ceux de notre divinité[1]. D'ailleurs, à tout prendre, ce symbole ne fait pas absolument défaut ici; nous l'avons en réalité, mais seulement il est séparé de la déesse à laquelle il appartient : c'est le complexe du disque et du croissant qui plane au-dessus de l'autel à libations, dans la scène du sacrifice. Là, il suffisait du signe allégorique et abrégé de la divinité, encore invisible, à laquelle le chasseur adressait son hommage; dans la scène du miracle, où l'apparition surnaturelle devait nécessairement se traduire par des formes tangibles et personnelles, il était superflu de répéter le symbole déjà exprimé. Si nous réunissons la déesse et le symbole, isolés pour les besoins de la narration iconographique, nous obtenons en somme une Hathor ou une Isis-Hathor aussi complète que possible.

Le rôle tutélaire de Hathor est très-accusé dans la mythologie égyptienne, et correspond bien au rôle joué ici par la déesse qui a emprunté ses traits.

Ce sont, du reste, un peu partout, les déesses plus encore que les dieux qui se plaisent à protéger les

[1] La même particularité est à constater pour le dieu phénicien Reseph dont la déesse est flanquée à droite : sur la stèle du Louvre, ce dieu porte le haut bonnet égyptien; sur la stèle du British Museum, il a perdu, comme sa parèdre, cette coiffure d'apparat, et n'a plus que le simple *klaft* d'étoffe rayée, serré aux tempes par une cordelette qui rappelle tout à fait le *'égâl* bédouin. En même temps, les traits de cet Apollon phénicien, qui conservaient encore sur le premier monument un aspect égyptien, ont fait place ici au type purement asiatique caractérisé par la barbe en pointe (comme celle de notre chasseur) et par un profil dont le sémitisme est des plus tranchés.

mortels. Mais dans le cas présent, le fait que la manifestation surnaturelle n'est pas dévolue à la forme mâle de la divinité, mais à la forme femelle, a une portée toute particulière et, à mon sens, capitale. Ce fait est absolument conforme à ce que nous savons des idées carthaginoises, à la conception de la déesse Tanit, parèdre de Baal, comme l'image visible, comme la *face de Baal, Tanit penê-Baal.* Nous avons même ici la traduction plastique, littérale, de cette expression symbolique : la déesse protectrice ne montre uniquement que son *visage* occupant entre les deux ailes la place du disque solaire de tout à l'heure; pas de trace de corps, si ce n'est deux bras indispensables pour exprimer l'action (enlèvement du char dans les airs).

Ainsi le dieu dont l'existence est impliquée par la présence du disque solaire, le dieu qui vient de se repaître de la fumée du sacrifice, ne se manifeste pas en personne pour défendre son serviteur; il lui faut passer par l'intermédiaire pour ainsi dire *angélique* d'une sorte d'hypostase féminine, qui n'est autre que la déesse sa parèdre, et cette déesse ellemême, pour se dévoiler aux yeux des mortels, se réduit à une face humaine. Or telle est justement la fonction, tel est le *nom même* de la déesse carthaginoise Tanit penê-Baal, parèdre, face et hypostase de Baal-Hammon, de la grande déesse qui est mentionnée en première ligne dans les inscriptions puniques, avant même son divin compagnon.

7. — TANIT-ARTÉMIS.

J'aurai à faire valoir tout à l'heure d'autres arguments décisifs à l'appui de cette détermination de la déesse qui se manifeste sur cette coupe de provenance phénicienne, carthaginoise même, suivant toute probabilité, et en qui je propose d'ores et déjà de reconnaître Tanit, la Tanit caractérisée précisément, comme le prouvent des centaines de monuments provenant de Carthage, par le complexe symbolique *du disque et du croissant.*

Les conséquences immédiates que nous pouvons dès maintenant tirer de cette façon de voir vont nous permettre d'en contrôler la justesse, tout en nous ramenant à certains points de la question du cerf dont j'avais différé jusqu'à ce moment l'étude.

Tanit, la déesse de Carthage, a, comme je l'ai dit plus haut en passant, pour représentant officiel dans le panthéon hellénique, *Artémis*, la Diane lunaire, qui a gardé sur la tête le croissant emblématique de sa sœur orientale. Il ne s'agit pas ici d'un de ces rapprochements plus ou moins ingénieux, trop souvent contestables, dus à l'emploi des méthodes comparatives de la critique moderne opérant sur des bases purement théoriques, mais d'une de ces équations de mythologie pratique, consenties et avouées par les anciens eux-mêmes. Cette assimilation peut être forcée, arbitraire, erronée; nous constaterons nous-même que Tanit a été l'objet d'autres adaptations en apparence exclusives de celles-là. Mais cette assimilation de Tanit et d'Artémis n'en demeure pas moins un *fait historique*, par conséquent une donnée avec laquelle il faut sérieusement compter.

Elle ressort clairement d'un document authentique, l'inscription bilingue *I Atheniensis*, où le Sidonien nommé עבדתנת (*serviteur de Tanit*) prend dans la partie grecque le nom de Ἀρτεμίδωρος :

ΑΡΤΕΜΙΔΩΡΟΣ
ΗΛΙΟΔΩΡΟΥ
ΣΙΔΩΝΙΟΣ
מצבת סכר בחים לעבדתנת בן
עבדשמש הצדני [1]

Le nom de son père עבדשמש (*serviteur du Soleil*)

[1] La nationalité de cet adorateur de Tanit, formellement exprimée dans l'inscription, est digne de remarque. Artemidoros était Sidonien. Par conséquent, nous avons ici la preuve que le culte de Tanit n'était nullement limité à la Phénicie punique. Tanit, pour être la grande déesse de Carthage, n'était pas une divinité exclusivement carthaginoise; comme les fondateurs mêmes de Carthage, elle avait une origine asiatique. Cette Artémis orientale avait dû partager la fortune des émigrants phéniciens et être transportée de Syrie en Libye, comme une image vivante de la patrie, par les vaisseaux des fugitifs de Tyr. Nous retrouvons encore des personnes portant le nom d'*Artemidoros* à Ascalon (Éd. de Byz. s. v. Ἀσκάλων), à Tarse (Strabon, XIV, 675), à Tyr (dans une inscription publiée dans le *Philologus*, 1854, p. 542), c'est-à-dire dans des contrées où, sous cette forme hellénisée, nous sommes en droit de soupçonner des *Abdtanit*, homonymes de notre serviteur de Tanit, mort à Athènes.

De même des *Heliodoros* tels que le Syrien, père d'Avidius Cassius; le Phénicien auteur des *Æthiopica;* le Tyrien de l'inscription n° 906; l'Arabe sophiste, contemporain de Caracalla, et d'autres encore, ont toute chance de s'être appelés dans leur propre langue עבשמש, comme le père de notre Artemidoros; ils auraient pu, au lieu de traduire leur nom en grec, se borner à le transcrire comme cet habitant d'Émèse père de Bathsaia : Αϐδάσαμσος (Waddington, *Inscr., gr. et lat. de la Syrie*, n° 2569).

est rendu, non moins exactement, par Ἡλιόδωρος. La rigueur de cette dernière traduction, qui contient en elle-même les éléments d'une vérification facile (Ἥλιος = שמש), nous garantit, dans une certaine mesure, que nous devons bien envisager, dans le nom du fils, le vocable divin *Artémis* comme un *équivalent effectif* de Tanit.

On me permettra de joindre à cette preuve directe, depuis longtemps enregistrée par la science, une autre indication qui concorde bien avec elle et qu'on a jusqu'ici, je crois, négligé de relever. C'est un passage de Sanchoniathon qui me la fournit[1].

Dans la théogonie phénicienne, Kronos (*El*) passait pour avoir eu d'Astarté (*Astoret*) *sept filles, sept Titanis ou Artémis* : ἑπτὰ Τιτανίδες ἢ Ἀρτέμιδες. Cette identification assez singulière des Titanides et des Artémides, qui va à l'encontre de la tradition purement hellénique attribuant les Titanides à Ouranos et à Gé, a eu probablement pour cause occasionnelle une attraction paronomastique. En effet, si Tanit est bien Artémis, la phrase de l'auteur revenait à dire : *Sept Tanits ou Artémis ;* or la ressemblance phonétique entre *Tanit* et Τιτανίς, toute superficielle qu'elle est, est trop considérable pour être dans ce cas un accident fortuit.

Je ferai remarquer, chemin faisant, que ce passage curieux implique en outre *la pluralité des Tanits phéniciennes ;* je retiens dès à présent pour en faire usage plus bas, lorsque j'aurai à discuter le surnom

[1] Sanchoniathon, éd. Orelli, p. 30.

de Penê-Baal donné à la Tanit de Carthage, ce fait important, qui est le pendant de la *pluralité des Astorets* et des *Hathors*.

Ces sept Tanits sont, en effet, exactement les sept Hathors égyptiennes.

Plus loin, Sanchoniathon raconte que l'une de ces Titanides devint la mère d'Asklepios, autrement dit *Echmoun*[1]. Cela tendrait à faire attribuer à Tanit, comme enfant, le dieu phénicien Echmoun. D'autre part, toujours d'après la même autorité, le père de cet Asklepios-Echmoun était Σύδυκος; ce dernier personnage n'est, comme je l'ai expliqué ailleurs[2], autre chose qu'un simple *surnom de Baal-Zeus* (= le Juste), à telles enseignes que son nom, Sedeq, צדק, a fini par désigner formellement chez les rabbins la *planète Jupiter* (Ζεὺς, Διὸς ὁ ἀστήρ). On peut sur ces bases dresser le stemma suivant d'où se dégagent d'instructifs rapprochements :

Kronos (El). + Astarté (Astoret).

engendrent

7 Titanis ou Artémis (Tanit). + Sudukos (Sedeq = Baal).

engendrent

Asklepios (Echmoun).

Ces équations, dont aucune n'est hypothétique,

[1] Sanchoniathon, éd. Orelli, p. 33.

[2] Clermont-Ganneau, *Horus et saint Georges*, p. 48.

mais qui toutes sont expressément reconnues par l'antiquité, semblent supposer une triade *Baal* + *Tanit* = *Echmoun* qui fait songer à la triade punique; elles contribuent surtout, ce qui nous intéresse en ce moment, à consolider l'identification de Tanit et d'Artémis.

§ 8. — TANIT-ARTÉMIS ET LE SACRIFICE DU CERF.

Du moment où Tanit se présente à nous avec le caractère avéré d'une *Artémis*, le sacrifice du *cerf* dans le rituel carthaginois, et sur notre coupe, est susceptible de s'éclairer d'un jour nouveau.

Ne sommes-nous pas en droit de nous demander si ce ne serait point spécialement à titre d'animal consacré à Tanit-Artémis, la parèdre de Baal, que le cerf figure dans les tarifs de Carthage et fait les frais principaux de la cérémonie accomplie par notre chasseur?

Si nous nous tenons sur le terrain purement hellénique, la question ne saurait souffrir aucune difficulté. Les rapports intimes du cerf et d'Artémis, Ἄρτεμις ἐλαφοκτόνος, ἐλαφηβόλος, n'ont pas besoin d'être démontrés. Je me bornerai à signaler dans cet ordre d'idées quelques faits qui touchent plus directement à l'objet limité de nos recherches et qui vont achever de nous faire comprendre comment et pourquoi le cerf aurait pu être introduit en Afrique par les colons phéniciens.

Rien ne s'oppose en théorie à ce que la Diane adorée à Carthage n'ait eu, à l'instar par exemple de l'Artémis de Hyampolis, en Phocide, ses Élaphébolies[1].

Le premier soin de notre chasseur a été, nous l'avons vu, de couper la tête du cerf abattu par lui, et de mettre de côté les bois qui lui serviront de trophée au retour de son expédition. Ce trophée ne saurait être mieux consacré qu'à Tanit-Artémis; il a sa place marquée dans le temple de la grande déesse protectrice des chasseurs : tous les *Artemisia*, comme nous l'apprend Plutarque, avaient, sauf une exception qui motive précisément la remarque de notre auteur, leurs parois décorées de ces ramures de cerfs[2].

Le sacrifice du cerf est expressément mentionné par Porphyre, à côté de celui du bœuf, de la brebis et des oiseaux, dans un curieux passage où le philosophe tyrien insiste sur le côté pratique de ces cérémonies considérées comme prétextes à repas et même à ripailles[3].

Pausanias nous donne sur le sacrifice du cerf un renseignement d'une valeur à part, parce qu'il nous fait voir cette offrande liée à un ensemble de rites empruntés notoirement à l'Orient, ou tout au moins à l'Égypte.

Près de Néon, ou Tithorée, ville de Phocide, c'est-à-dire de cette même province où avaient lieu

[1] *Etymologicon magnum*, s. v. Ἐλαφηβολιών. Cf. Plutarque, *De Mul. virt.*, p. 267; Pausanias, X, xxv, 7; Athén. XV, p. 646.

[2] Plutarque, *Quæstiones romanæ*, IV : Διὰ τί τοῖς ἄλλοις Ἀρτεμισίοις ἐπιεικῶς ἐλάφων κέρατα προσπατταλεύουσι...

[3] Porphyre, *De abstinentia*, II, 25. Βοῦς γὰρ καὶ πρόβατα, πρός τε τούτοις ἐλάφους καὶ ὄρνιθας.

les Élaphébolies en l'honneur d'Artémis (à Hyampolis), se trouvait un sanctuaire d'Isis, le plus vénéré de tous ceux que les Grecs avaient consacrés à la déesse égyptienne. Chaque année, au printemps et à l'automne, on y célébrait deux grandes fêtes [1], évidemment équinoxiales, qui rappellent en même temps et la foire séculaire de Tanta et la fête juive des Tabernacles. On élevait pour la circonstance des huttes ou abris construits en roseaux et autres matériaux improvisés, des *σκηνάς*, de véritables *sukkot*, et une foule de marchands se rendaient là pour vendre des esclaves, des bestiaux, des vêtements, des objets d'or et d'argent. Les cérémonies religieuses consistaient en sacrifices opérés selon le rite égyptien. Les riches immolaient des bœufs et des *cerfs;* les petites gens, des oies et des pintades. L'on ne sacrifiait ni porcs, ni brebis, ni chèvres [2].

Voilà donc le bœuf mis en ligne avec le cerf exactement comme dans le tarif de Carthage, et offert à une déesse égyptienne qui, pour n'être pas Artémis en personne, ne laisse pas d'avoir avec Tanit de très-proches affinités.

Je citerai maintenant un passage d'Arrien qui nous

[1] Les fêtes d'Artémis, la grande déesse de Hyampolis, avaient également lieu deux fois par an. Les victimes qui lui étaient destinées étaient l'objet d'un élevage spécial et devaient, disait-on, à cette affectation, d'être grasses et toujours bien portantes (Pausanias, X, XXV, 7).

[2] Pausanias, X, XXXII, 16. *Θύουσι δὲ καὶ βοῦς καὶ ἐλάφους οἱ εὐδαιμονέστεροι, ὅσοι δέ εἰσιν ἀποδέοντες πλούτῳ, καὶ χῆνας καὶ ὄρνιθας τὰς μελεαγρίδας· ὗσὶ δὲ ἐς τὴν θυσίαν οὐ νομίζουσιν οὐδὲ οἰσὶ χρῆσθαι καὶ αἰξίν.*

montre d'une façon bien topique la consécration du cerf à Artémis, et nous fait entrevoir du même coup quelle a pu être l'origine de la semi-domestication de cet animal, et, partant, de sa transplantation dans des contrées où il n'existait pas auparavant.

Il y avait, nous dit l'historien d'Alexandre[1], au fond du golfe Persique, à l'embouchure de l'Euphrate, une île à laquelle le héros macédonien aurait imposé le nom d'*Ikaros*. Cette île était couverte d'une épaisse forêt et contenait un hiéron d'Artémis. Là vivaient des quantités de chèvres sauvages et de cerfs, ou de biches, qui erraient en liberté sous la sauvegarde d'Artémis. Il était défendu de chasser ces animaux, si ce n'est lorsqu'on voulait sacrifier quelqu'un d'entre eux à la déesse.

Le mot *ἄφετος*, employé dans ce passage, qu'Élien[2] a reproduit avec des variantes semblant provenir d'une compréhension imparfaite, s'applique, comme *ἄνετος*, aux animaux consacrés qu'on laisse libres en attendant le sacrifice.

La position géographique de l'île d'Ikaros indique suffisamment la nature orientale de l'Artémis qui y était adorée, et le rôle du cerf dans ce culte tout local

[1] Arrien, *Expédition d'Alexandre*, VII, xx, 3 : *Εἶναι δὲ ἐν αὐτῇ καὶ ἱερὸν Ἀρτέμιδος, καὶ τοὺς οἰκήτορας αὐτοὺς ἀμφὶ τὸ ἱερὸν τὰ τῆς διαίτης ποιεῖσθαι· νέμεσθαί τε αὐτὴν αἰξί τε ἀγρίαις καὶ ἐλάφοις, καὶ ταύτας ἀνεῖσθαι ἀφέτους τῇ Ἀρτέμιδι, οὐδὲ εἶναι θέμις θήραν ποιεῖσθαι ἀπ' αὐτῶν ὅτι μὴ θῦσαί τινα τῇ θεῷ ἐθέλοντα· ἐπὶ τῷδε θηρᾶν μόνον· ἐπὶ τῷδε γὰρ οὐκ εἶναι ἀθέμιτον.* Cf. Eustathe, *Comment.* (*Geogr. gr. min.*, II, 332.)

[2] Élien, *De Nat. anim.*, XI, 9.

apparaît nettement. Il n'était permis aux chasseurs de toucher à ces bêtes sacrées qu'à la condition, plus ou moins spécieuse, de les offrir à Artémis. Mais il est loisible de croire que les chasseurs avaient bien leur large part de ce sacrifice, et que le sacrificateur, une fois cette formalité accomplie, devenait en même temps, comme sur la coupe de Palestrina, le commensal de la divinité.

Il est à peine besoin d'ajouter que cette Artémis insulaire, dont la résidence avoisinait les îles qui ont servi de berceau à la race phénicienne, ne saurait être autre chose que l'adaptation hellénique d'une déesse asiatique, Tanit ou autre.

Ce nom même de Ἴκαρος qui, au dire d'Arrien, aurait été donné à cette île sacrée sur l'ordre d'Alexandre (!), ne nous cacherait-il pas tout simplement un nom phénicien bien antérieur au conquérant macédonien? La syllabe initiale I pourrait bien, comme dans tant d'autres noms d'îles commençant par *i*, *e*, *ai*, n'être autre chose que le phénicien אי , *île*. Cette *Ikaros* du golfe Persique est l'homonyme exact de l'*Ikaros* méditerranéenne, où a été localisée la légende d'Icare et qui a prêté son nom à la petite mer icarienne dont elle forme la limite septentrionale. Or on est généralement d'accord pour expliquer le nom de cette île, située juste en face et non loin de la côte de Carie, par *I + kar*, l'*île de Carie*. Le nom même de la Carie a été diversement interprété; on a voulu, non sans raison, y reconnaître le mot hébreu כר, *pâturage*, et aussi *brebis*, *troupeaux*. Il faut avouer que, si l'on peut considérer le nom de l'Ikaros méditerranéenne comme signifiant l'*île de Kar*, ou l'*île des pâturages*, des *troupeaux*, cette explication s'appliquerait encore bien mieux, sous tous les rapports, à notre Ikaros du golfe Persique, signalée justement par les troupeaux de cerfs et de chèvres sauvages qui y paissaient sous la protection d'une déesse en qui les Grecs n'ont pas manqué de voir leur Artémis.

Quoi qu'il en soit, cette vaste forêt d'Ikaros, avec les immunités qui s'y rattachaient, rappelle en grand les bois sacrés qui étaient presque toujours adjacents aux sanctuaires antiques. Ces bois servaient souvent de retraite à des animaux sauvages; ils finissaient par devenir dans certains endroits des espèces de parcs où l'on introduisait même artificiellement et où l'on entretenait ces hôtes privilégiés. Cela était surtout le cas en Orient. Ainsi le temple de la grande déesse syrienne à Hiérapolis était flanqué d'un véritable *Zoological Garden* où l'on nourrissait des bêtes de toute espèce, domestiques ou sauvages [1] : taureaux, chevaux, aigles, ours, lions, etc., sans parler des colombes et des poissons chers entre tous à la déesse. Il est vrai qu'à Hiérapolis on ne touchait pas à ces animaux, et qu'ils ne fournissaient point de victimes pour le sacrifice.

En ce qui concerne spécialement les cerfs, je ferai observer qu'ils trouvaient à Chypre, dans le bois sacré entourant le temple d'Apollon de Curium, le parèdre d'Artémis, un refuge assuré contre les pour-

[1] Lucien, *De dea Syra*, § 41.

suites des chasseurs et de leurs chiens, et qu'ils pouvaient y brouter tranquillement[1]. Mais il n'est pas dit qu'ils y fussent à l'abri du couteau du sacrificateur.

Les παράδεισοι où nous avons été conduit à supposer que les Carthaginois, à l'imitation des Égyptiens et des Assyriens, gardaient les cerfs mentionnés dans leurs tarifs de sacrifices, s'expliqueraient encore bien mieux si l'on pouvait admettre qu'ils avaient en outre le caractère de bois sacrés. Tout au moins pouvons-nous penser que ces παράδεισοι étaient, comme la plupart des établissements analogues des anciens, écuries, étables, greniers, etc., mis sous une protection divine spéciale : dans ce cas, Tanit-Artémis était naturellement désignée.

Il résulte donc de ce qui précède que le cerf aurait pu être importé en Afrique par les Phéniciens, non-seulement à titre d'animal sinon d'agrément, au moins de profit pour l'alimentation, mais aussi comme animal *propre au culte de Tanit.* Ces deux raisons n'en font du reste peut-être qu'une. La seconde me fournit l'occasion de soulever une dernière question fort importante au sujet du sacrifice du cerf et de sa valeur réelle dans le rituel carthaginois.

§ 9. — LE SACRIFICE DU CERF ET LES SACRIFICES HUMAINS DANS LES RITES ORIENTAUX.

Parmi les victimes de toute taille et de toute espèce, et dans la liste des offrandes de toute nature

[1] Élien, *De Histor. animal.* XI, 7. Élien parle spécialement des *biches*, *αἱ ἔλαφοι*. Cf. *Horus et saint Georges*, pp. 49, 50.

énumérées minutieusement par les règlements officiels du temple de Baal, l'on remarque tout d'abord l'absence d'une catégorie essentielle, d'une catégorie qui jouait malheureusement à Carthage un rôle considérable : *celle des victimes humaines.*

Tanit ne devait pas être désintéressée dans ces immolations atroces faites au nom de ce Kronos dont elle était, comme nous l'avons vu plus haut, la digne fille. Artémis, elle aussi, l'Artémis orientale surtout, était altérée de sang humain. C'est peut-être même sur ce terrain de commune barbarie que les anciens avaient établi en partie leur identification d'Artémis et de Tanit.

Si les victimes humaines, dont on serait quelque peu fondé à attendre dans ces documents la mention au moins déguisée, y font défaut, en revanche, nous y voyons figurer un animal sauvage, le cerf, dont la présence, bien qu'explicable en somme, n'a pas été sans nous causer pourtant quelque surprise. Ces deux particularités peuvent assurément n'avoir entre elles aucun rapport; toutefois, l'on est en droit, sans rien préjuger, de se demander si elles ne seraient pas par hasard connexes, et si le cerf ne tiendrait pas ici, dans une certaine mesure, la place de l'homme.

Cette conjecture prend quelque corps si on la rapproche du fait suivant constaté historiquement : *la substitution, dans le culte soit d'Artémis, soit de déesses orientales équivalentes, du sacrifice de certains animaux, et tout particulièrement du cerf, aux sacrifices humains.*

Je ne cite que pour mémoire la biche qui remplit dans le sacrifice d'Iphigénie la même fonction subrogatoire que le bélier[1] dans le sacrifice d'Isaac; nous allons retrouver tout à l'heure cette légende sur notre chemin.

Eusèbe[2] nous raconte, sur l'autorité de Porphyre, qu'à Laodicée, en Syrie, on avait anciennement l'habitude de sacrifier chaque année une jeune fille; mais

[1] Un אַיִל, d'après la vocalisation massorétique (*Genèse*, XXII, 13). Ce mot peut prêter à une double entente, exactement comme dans le tarif de Carthage. La légende pouvait y avoir visé un אַיָּל (*cerf*) pour peu qu'elle y fût sollicitée par quelque attraction mythologique. Or, ne l'oublions pas, le récit du sacrifice d'Isaac a subi une évidente manipulation fabuleuse, et cela chez les Sémites : Abraham devient pour Sanchoniathon (édit. Orelli, page 42) un *Kronos* ou *Israël phénicien* (*sic*) qui immole sur un autel son fils appelé Ἰεούδ (= יחיד, *unique*, épithète donnée à Isaac au verset 2 du récit biblique).

Au moment où Phrixus va être immolé en sacrifice à Zeus par son père Athamas, il est sauvé par sa mère Néphélè (la Nue), grâce à l'intervention du fameux *bélier* à la toison d'or. Dans ce mythe, l'animal ne joue pas précisément le rôle de substitut, mais celui de monture. Ce n'est que plus tard qu'il est sacrifié par Phrixus en personne, en l'honneur du dieu auquel il avait failli lui-même servir de victime. Le résultat, pour se faire un peu attendre, n'en est pas moins, comme l'on voit, le même, et, ici encore, la bête qui prend la place de l'homme serait, pour les Sémites, un איל, prêtant à la double entente de *cerf* ou *bélier*. La fable oscille entre plusieurs noms pour la mère ou la belle-mère de Phrixus; il est à noter qu'un de ces noms est *Gorgôpis* (selon Hippias, cité par le scholiaste de Pindare, IVe *Pyth.* v. 283 sq.), ce qui permet d'entrevoir dans cette histoire extrêmement défigurée l'intervention d'une *Athéné* (Anat, Tanit).

[2] Eusèbe, *Préparation évangélique*, IV, 16. Ἐθύετο γὰρ καὶ ἐν Λαοδικείᾳ τῇ κατὰ Συρίαν τῇ Ἀθηνᾷ κατ' ἔρος (ἔτος) παρθένος, νῦν δὲ ἔλαφος. Καὶ μὴν καὶ οἱ ἐν Λιβύῃ Καρχηδόνιοι ἐποίουν τὴν θυσίαν, ἣν Ἰφικράτης ἔπαυσε. Cf. Porphyre, *De Abstinentia*, II, 56.

que, depuis, cette horrible cérémonie avait été remplacée par l'immolation d'une biche.

Immédiatement après, — et la contiguïté de ces deux renseignements n'est pas indifférente, — Eusèbe et Porphyre ajoutent que les Carthaginois en Afrique avaient le même rite sauvage, auquel mit fin un certain Iphikratès, d'ailleurs parfaitement inconnu dans l'histoire. Malheureusement, nos auteurs ne nous disent pas d'une façon expresse que l'abolition à Carthage eut lieu dans les mêmes conditions qu'à Laodicée, c'est-à-dire avec la substitution d'un cervidé à la victime humaine. Nonobstant, le lien établi entre ces deux faits par les auteurs qui les rapportent est assez favorable à cette manière de voir, et la présence du cerf dans les tarifs carthaginois s'y rattacherait remarquablement bien. D'ailleurs, lorsqu'avec le progrès du temps, et à la suite de l'adoucissement des mœurs, ces divinités farouches consentaient à lâcher leur proie, elles ne devaient certainement pas le faire sans une compensation équivalente.

Mais il y a plus encore. La divinité à laquelle on immolait à Laodicée des jeunes filles et plus tard des biches, était une déesse. Cette déesse n'était pas, il est vrai, du moins si l'on s'en tient au dire de Porphyre et de son citateur Eusèbe, une *Artémis*, mais une *Athéné*. Une Artémis nous aurait permis de passer de plain-pied à Tanit, ce qui aurait notablement facilité notre démonstration. Mais il n'est pas impossible d'établir que cette prétendue Athéné de Laodicée nous cache en réalité une Artémis, et que derrière ces deux déesses d'allures et de nom helléniques se dérobe une déesse foncièrement orientale.

En effet, la véritable déesse de Laodicée, la déesse nationale, était bien Artémis. Au temps des empereurs romains, la *Diana Laodicea* était encore l'objet d'une grande vénération[1]. L'origine de ce culte devait remonter à la fondation même de la cité, ou plutôt à sa fondation à nouveau par Seleucus Nicator; car, avant de recevoir le nom de la mère du lieutenant d'Alexandre, Laodicée existait déjà sous le nom sémitique de Ramitha ou Ramantha[2]. Seleucus avait envoyé dans la vieille cité chananéenne, qui s'intitule sur ses monnaies à légendes phéniciennes : *mère en Chanaan*[3], la fameuse statue de l'*Artémis Brauronia* enlevée de l'Attique par Xerxès et retrouvée à Suse par l'armée d'Alexandre. Or, cette Artémis n'était autre, toujours d'après la tradition, bien entendu, que la non moins fameuse Artémis de Tauride à qui l'on sacrifiait les étrangers naufragés, et dont la statue enlevée par Iphigénie et Oreste avait été transportée par eux à Brauron en Attique[4]. Voilà une idole

[1] Lampride, *Ant. Heliogabalus*, 7.

[2] Eustathe, *Ad Dionys. Pericl.*, v. 915, 279.

[3] אם בכנען. Remarquons en passant que les Carthaginois se déclaraient eux-mêmes *Chananéens* à l'époque de saint Augustin (*Expos. ep. ad Rom.* XIII). Peut-être ce vocable de *Mère en Chanaan* a-t-il quelque rapport indirect avec la grande déesse adorée à Ramantha-Laodicée et assimilée à la ville elle-même. Pausanias nous apprend que *Athéné* était vénérée en Élide sous le surnom de Μήτηρ (V, III, 2). Euripide, lui aussi, connaît une Ἀθήνη Μάτηρ (*Héracl.* 771).

[4] Pausanias, tout en relatant l'envoi de la statue à Laodicée (III, XVII, 8), conteste que la statue de l'Artémis Brauronia fût l'idole ap-

qui avait fait bien du chemin et qui nous rejette en pleine mythologie orientale.

Ainsi, nous rencontrons à Laodicée, à côté d'Athéné, une autre déesse, qui exigeait notoirement, comme elle, des sacrifices humains : Artémis. Cette Artémis, au moins à cet égard, ressemble singulièrement, il faut l'avouer, à l'Athéné sanguinaire dont Porphyre et Eusèbe nous ont signalé l'existence dans cette même ville.

L'espèce caractéristique à laquelle appartient l'animal substitué à la jeune fille, la biche, achève de nous révéler que cette prétendue Athéné est au fond une Artémis, car cette cérémonie pratiquée à Laodicée est la répétition annuelle et textuelle du sacrifice d'Iphigénie.

L'erreur, si erreur il y a, d'Eusèbe et de Porphyre, mettant Athéné au lieu d'Artémis, est, au reste, fort excusable. Athéné est une de ces personnalités du panthéon hellénique qui de bonne heure ont servi d'équivalents à des divinités sémitiques. Nous avons, par l'inscription bilingue de Larnax Lapithou, la preuve matérielle que la déesse phénicienne *Anat* correspondait officiellement à *Athéné*, pour les Phéniciens, au moins à Chypre. J'ai montré, dans le temps, que ce rapprochement mythologique avait dû avoir pour cause déterminante, sinon princi-

portée de la Tauride par Iphigénie et Oreste. Il est d'avis que les Lacédémoniens sont plus fondés dans leurs prétentions à cet égard, et rappelle que les Cappadociens et les Lydiens de leur côté déclaraient être les possesseurs de cette vénérable relique.

piante, un rapprochement paronomastique[1] : *Anata*, *Athana*; ענת, Ἀθάνα.

L'Athéné de Laodicée a donc au moins le droit d'être une *Anat*[2]. Mais *Anat* a d'autre part les plus grandes affinités avec *Tanit*, comme on l'a déjà remarqué par d'autres indices, et nous verrons tout à l'heure que Tanit elle-même, directement assimilée d'un côté à Artémis, offre d'un autre côté un embranchement latéral fort important sur Athéné (l'Athéné libyenne).

Afin d'exprimer succinctement ce complexe mythique sur lequel il me faudra revenir, je me bornerai pour le moment à un diagramme où se trouvent figurées, par une sorte de chiasma, les équations directes (diagonales) et leur intersection :

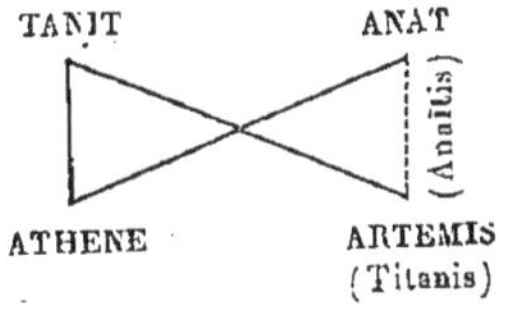

Si Seleucus choisit pour installer son Artémis orientale la ville de Laodicée, ce choix était-il purement arbitraire? N'est-il pas plus naturel de sup-

[1] *Horus et saint Georges*, p. 15, analogue et parallèle à celui de *Reseph* et *Perseus*.

[2] Les Lydiens, qui prétendaient être en possession de la véritable statue de l'Artémis de Tauride, adoraient Artémis sous le vocable d'*Anaïtis* (Pausanias, III, XVII, 8). Or *Anaïtis*, quoi qu'on en ait dit, nous reporte, par voie abusive, si l'on veut, à *Anat* et *Anat* à *Athéné*; d'où résulte encore, d'une autre manière, l'équation cherchée : *Artémis* = *Athéné*.

poser qu'il a été motivé par l'existence préalable, dans la ville chananéenne rénovée, d'un culte local offrant avec ce culte importé des analogies essentielles? Il pouvait y avoir *ab antiquo*, à Ramantha, une déesse sémitique associée à un dieu de même race, à qui l'on immolait des victimes humaines; qui, avant l'arrivée de l'Artémis Brauronia, d'origine également orientale, avait déjà peut-être pris le masque d'Athéné, et qui ne fit pas de difficultés pour l'échanger contre celui d'Artémis, en même temps qu'elle troquait contre une biche la vierge à laquelle elle avait droit.

Est-il téméraire d'inférer de tout cela que si l'Artémis de Carthage ne s'est pas montrée plus intraitable sur le chapitre du sacrifice humain que sa sœur l'Artémis syrienne de Laodicée, elle l'a fait au même prix, c'est-à-dire moyennant la même indemnité : l'animal de son choix? Dans ce cas, le cerf serait proprement, dans les tarifs de Carthage, comme ailleurs, la rançon de l'homme.

Ce caractère hiératique dont le cerf nous apparaît revêtu, joint aux considérations purement économiques que nous avons exposées plus haut, ne peut que nous aider à mieux comprendre l'intérêt multiple qu'avaient pu avoir à le transporter avec eux, d'Asie en Afrique, les Phéniciens adorateurs de Tanit-Artémis qui fondèrent Carthage.

Les monnaies proconsulaires de la famille Lollia, frappées en Cyrénaïque, nous montrent d'un côté *Diane*, de l'autre *le cerf* [1]. Je ne voudrais pas prêter

[1] Mionnet, *Descr. des méd. ant.*, VI, 570, 571; plusieurs monnaies

à ce détail une importance exagérée, mais je ne puis cependant m'empêcher de faire remarquer que, si l'on rapproche de ces monnaies celles de Carthage si nombreuses où apparaît le *palmier*, le *phoinix*, armes parlantes de la *Phénicie*, l'on a dans ces trois mots, résumée avec le laconisme de la langue des médailles, toute l'histoire du cerf africain :

Ἄρτεμις – Tanit, φοῖνιξ, ἔλαφος.

La présence du cerf dans l'île de Corse soulève à peu près les mêmes questions que la présence du cerf en Afrique, et ici également la nécessité d'une importation s'impose à nous. Timée, nous apprend Polybe[1], qui ne cite les paroles de cet historien que pour les réfuter, avait écrit qu'il y avait en Corse des chèvres, des moutons et des bœufs sauvages, et en outre des *cerfs*, des lièvres, des loups et d'autres animaux; les habitants de l'île, assurait-il, se livraient à une chasse perpétuelle de ces bêtes. En ce qui concerne la première catégorie d'animaux, Polybe affirme que Timée fait erreur, et qu'il a pris pour des troupeaux de bœufs et de chèvres sauvages des troupeaux de bestiaux domestiques que l'on laissait paître à peu près en liberté, à cause de la nature accidentée de la contrée; il ajoute que ces prétendus bestiaux sauvages se réunissent parfaitement à l'appel du cornet des bergers. Quant à l'existence des liè-

(n°s 155, 159) avec tête de Diane, et, au revers, cerf. Mionnet, *Suppl.* IX, n°s 66-75.

[1] Polybe, XII, 3, 4.

vres, des loups et des *cerfs*, Polybe la nie formellement; il n'accorde à l'île que des renards, des lapins et des *πρόβατα* sauvages (mouflons?).

Voilà qui est catégorique. Or, n'en déplaise à Polybe, l'on trouve aujourd'hui en Corse une race de cerfs de petite taille, trapus, aux jambes courtes, au pelage brun, dont plusieurs naturalistes ont cherché à faire une espèce particulière sous les différents noms de *cervus elaphus corsicus, cervus corsicus, cervus mediterraneus;* mais l'opinion la plus probable est celle qui y voit une simple variété du cerf ordinaire[1]. Ces cerfs, que ne connaissait pas Polybe, sont-ils venus tout seuls dans l'île? L'antiquité a toujours soutenu que les cerfs traversaient la mer à la nage par bandes entières. Ainsi Élien raconte gravement quelque part que les cerfs de Syrie passaient en Chypre! On ne saurait, bien entendu, s'arrêter un instant à de telles fables, nées peut-être précisément du besoin d'expliquer la diffusion de cet animal dans le bassin méditerranéen, et son apparition dans des régions isolées que l'intervention humaine a pu seule lui rendre accessibles.

Pausanias[2] raconte qu'il a vu, non sans surprise, à Rome, des cerfs blancs, mais qu'il a négligé de demander *d'où* cette race, continentale ou insulaire, avait été *amenée* : *ὁπόθεν δὲ ἢ τῶν ἠπείρων οὖσαι, ἢ νησιώτιδες ἐκομίσθησαν.* Voilà un cas patent d'impor-

[1] Dr Chenu, *op. cit.*, p. 123. Tel est l'avis du Dr Pucheran qui fait autorité dans la matière.

[2] Pausanias, VIII, XVII, 4.

tation, d'importation par mer peut-être, et cela justement pour l'animal qui nous occupe. Ce que les Romains ont fait, est-ce que les Carthaginois, maîtres de la mer bien avant les Romains, n'ont pas pu le faire aussi, eux dont les frères, ou plutôt les pères tyriens, de compte à demi avec Salomon, allaient chercher à Ophir, jusque dans l'Inde peut-être, non-seulement de l'or, de l'argent, des pierres précieuses, de l'ivoire, du bois de santal, mais des *singes* et des *paons*[1]? Si l'Europe, selon toute probabilité, doit aux Phéniciens l'introduction du paon indien, devenu aujourd'hui dans nos fermes une sorte d'oiseau de basse-cour, et peut-être aussi celle de la pintade[2] et du furet[3], est-il inadmissible que l'Afrique leur doive l'introduction d'une race de cerfs?

N'oublions pas que l'Hercule tyrien, qui résume en lui le mouvement commercial et colonisateur de la Phénicie, apparaît non-seulement comme importateur de certains arbres utiles, mais aussi de certaines espèces d'animaux domestiques : *Secundum antiquam consuetudinem capras et oves Hercules ex Africa in Græciam exportavit*[4]. Il ne devait pas lui en

[1] I *Rois*, IX, 27; X, 11, 22. — Cf. II *Chroniques*, IX, 21.

[2] Pline, XXXVII, 11.

[3] Hérodote, IV, 192, et surtout Strabon, III, 2, 6; cf. Movers, *Phœn. Alt.*, II, II, 606.

[4] Varron, *De re rustica*, II, 1. Le trafic des animaux, sans parler du bétail humain destiné à alimenter l'esclavage, entrait pour une part notable dans le commerce phénicien. Ézéchiel (XXVII, 14) nous montre les Tyriens amenant du Togarmah (Arménie?) des chevaux de selle et de trait, et des mulets; de l'Arabie, des agneaux, des brebis et des boucs (*id.* 21). L'Egypte fournissait des bœufs (Achille Ta-

avoir coûté davantage de transporter le cerf en Afrique; c'est un service de plus à ajouter à ceux dont ses adorateurs prétendaient que l'humanité lui était redevable[1].

§ 10. — TANIT PENÊ-BAAL.

En assimilant, tout à l'heure, à la déesse carthaginoise Tanit la divinité féminine qui intervient si à propos pour protéger notre chasseur contre l'attaque du singe, j'ai adopté l'opinion généralement reçue au sujet du surnom de *Penê-Baal*, פן בעל, constamment porté par Tanit dans les inscriptions puniques. J'ai considéré, avec la majorité des savants, cette locution comme signifiant *Tanit, face de Baal;* j'ai même fait remarquer combien la représentation de notre déesse, réduite à une simple face ailée, était conforme à cette énergique image et l'éclairait d'un jour inattendu. La légitimité de cette traduction a été récemment l'objet de vives contestations que je ne saurais passer sous silence, parce que notre monument me semble jeter dans ce débat une donnée nouvelle singulièrement topique.

L'on a essayé d'établir que l'expression en ques-

tius, *Erotica*, II, 15). Salomon, qui s'appliquait à suivre les errements commerciaux des Tyriens, ses alliés, ses associés, et probablement ses instituteurs, retirait de beaux bénéfices de la traite des chevaux d'Égypte (I *Rois*, x, 28, 29).

Les bergers grecs avaient dans leurs troupeaux des boucs de Libye, probablement comme étalons, à en juger par leur vigueur et aussi par leur caractère irritable et dangereux (Théocrite, III, 5).

[1] *Inscription de Délos* (Louvre, n° 68): μεγίστων ἀγαθῶν παραιτίου γεγονότος τοῖς ἀνθρώποις.

tion était purement géographique et voulait dire non pas *Tanit face de Baal*, qui est la face de Baal, mais bien la *Tanit de l'endroit appelé Penê-Baal*[1].

Je commencerai par faire observer que, même si la nature toponymique de ce vocable pouvait être prouvée d'une façon péremptoire, — ce qui est loin d'être le cas, — cette signification primitive ne serait pas exclusive d'une signification consécutive métaphorique, adéquate à celle qu'on reconnaissait jusqu'ici, d'un commun accord, à ce surnom de Tanit.

Admettons qu'à l'origine cette locution ait réellement signifié la *Tanit de (l'endroit appelé) Face-de-Baal;* ce nom de lieu, *Face-de-Baal*, devenu surnom de divinité, était fait à souhait pour glisser sur la pente mythologique. La chute était d'autant plus inévitable que, même dans cette hypothèse, un pareil nom était marqué de la tache originelle: né en somme d'une expression mythologique, il devait avoir une fin mythologique. Chez les Sémites, comme chez les Grecs, la géographie a fourni un aliment inépuisable aux combinaisons de la fable: noms de lieux et noms de dieux s'engendrent réciproquement avec une surprenante fécondité. Une Tanit adorée dans un endroit appelé *Face-de-Baal!* Mais pour qui connaît les procédés populaires d'éponymie chorographique, procédés qui sont de tous temps et de toutes races, *Tanit de Face-de-Baal* devait presque fatale-

[1] Voyez Halévy, *Mélanges d'épigraphie et d'archéologie sémitiques*, p. 42 et suiv. Cf. Oppert, *Comptes rendus de l'Académie des inscr. et belles-lettres*, 1867, p. 217.

ment devenir *Tanit de la face de Baal*, puis, finalement, *Tanit face de Baal.*

Au reste, rien de moins démontré que cette interprétation contre laquelle M. Ph. Berger, défendant l'opinion ancienne, élevait naguère, dans le *Journal asiatique* [1], de judicieuses objections. Il y aurait encore d'autres arguments fort sérieux à faire valoir à l'appui de la thèse usuelle, en négligeant même celui si direct que vient nous apporter la coupe de Palestrina.

Ainsi c'est, assure-t-on, l'île voisine de Carthage, appelée Πρόσωπον, *la Face* (sc. *de Baal*), qui aurait donné son nom pour qu'on en fît une qualification géographique de Tanit : la *Tanit de Prosôpon*, c'est-à-dire la *Tanit de l'île de la Face.* A peu près, par exemple, comme les Grecs disaient Artémis Φεραία =Artémis adorée à Φεραί, ou comme nous disons *Notre-Dame de Chartres.* Mais pourquoi ne serait-ce point au contraire l'île de Prosôpon, l'île dite *Face-de-Baal*, qui aurait emprunté le nom ou le surnom de la déesse carthaginoise ?

Rien de plus naturel qu'une *île de Tanit* ou même une *île Tanit.*

Il y avait en Égypte une île appelée d'un nom analogue, Προσωπῖτις [2]. Cette île contenait une ville appelée Προσωπίς [3] ou Προσωπῖτις, comme l'île même : le nom égyptien de cette ville semble avoir été,

[1] *Journal asiatique*, 1877, février-mars, p. 147 et suiv.

[2] Ét. de Byzance, *s. v.*, νῆσος Αἰγύπτου.

[3] Ét. de Byzance, *s. v.*, πόλις Αἰγύπτου.

d'après le même auteur (*s. v.*) : Ἀτάρϐηχις[1]. Ce dernier nom doit nous cacher celui de la déesse *Hathor* à en juger par l'équivalent grec de Ἀτάρϐηχις = *Aphroditopolis*[2]. Il est curieux de trouver entre la *Prosôpis* d'Égypte et *Hathor* le même rapport qu'entre le *Prosôpon* de Carthage et *Tanit*, l'Hathor phénicienne.

Je signalerai une autre île portant un nom de déesse, et de déesse notoirement phénicienne : c'est *Astarté*, île d'Éthiopie citée dans le Périple de Marcianus[3] : Ἀσλάρτη, νῆσος ἐν Αἰθιοπίᾳ. Il est clair ici que c'est l'île qui a emprunté son nom à la divinité et non pas la divinité qui lui a emprunté le sien.

Plusieurs îles avaient le nom d'Ἀφροδισίας, entre autres lieux sur la côte nord de Libye (Scylax, 108; *Stadiasm. mar. mag.* 49; cf. Ét. de Byz.); une autre auprès de Cadix (Pline, IV, 36 = Erytheia). Ce même nom significatif appartenait aussi à des promontoires ou à des villes situées sur ces promontoires, par exemple en Carie (Pline, IV, 36; cf. Ét. de Byz. : auprès de Cnide), en Cilicie (Diodore de Sicile, XIX, 64), etc. Comparez encore Port-Vendres, *Portus Veneris*.

Si nous nous rappelons l'identité, précédemment

[1] Πόλις ἐν τῇ Προσωπίτιδι νήσῳ.

[2] Strabon, II, XVII, 802, ville du nome *Prosôpitis*. — Cf. Hér., I, 41.

[3] Marcianus, I, 14. — Cf. Ptolémée, IV, VII, 36 : Ἀστάρτη (ἡ Ἀστάρτης νῆσος); et *id.* IV, V, 17, dans le golfe Arabique : Ἀφροδίτης νῆσος. (Cf. Agatharchides, 81.) Comparez encore deux *îles d'Isis*, dans la mer Rouge, l'une à l'extrémité nord, sur la côte d'Arabie, l'autre à l'extrémité sud, à l'entrée du détroit de Bāb el-Mandeb, avec un port du même nom.

démontrée, de *Tanit* et d'*Artémis*, nous devrons attacher aussi quelque valeur à la présence du nom d'*Artémis* dans certains noms de lieux; sans parler des innombrables *Artemisia* géographiques, je citerai Ἄρτεμις, localité de Cyrénaïque (Ptolémée, IV, 4, 11); Ἀρτέμιδος λιμήν, ville maritime de Corse (Ptolémée, III, 2, 5; cf. Pline, III, 12); Ἀρτεμίτα, une des îles Échinades (Strabon, I, 59); Διάνιον (Dianium = Ἀρτεμίσιον), ville et cap de l'Espagne Tarraconaise (Strabon, III, 159; cf. Ptolémée, III, 6, 15).

Je n'ai point la prétention de passer en revue toutes les localités insulaires ou, pour le moins, maritimes qui ont emprunté leurs noms à des divinités féminines. Cette conception est tellement naturelle qu'on a, dans nombre de cas, appliqué le procédé inverse, c'est-à-dire qu'on a créé des êtres mythologiques avec des noms primitifs appartenant à cette catégorie et qui n'avaient eux-mêmes, à l'origine, rien de mythologique. Par une coïncidence assez singulière, beaucoup de ces entités géographiques ont été classées dans le groupe des *Titanides*, c'est-à-dire, comme nous l'a appris Sanchoniathon, des *Artémides*, des sœurs de *Tanit : Thraké*, *Ortygia*, *Eubœa*, *Kirké* sont des Titanides. L'île de Carthage pourrait donc, à double titre, prendre rang à côté d'elles.

Je me demanderai encore si l'on ne doit pas chercher le nom de la déesse phénicienne *'Anat* (dont nous avons vu les proches affinités avec Tanit) dans l'île Ἀναθώ signalée par Isidore de Charax [1], sur le

[1] *Geogr. Gr. min.* Mansiones Parthicae, p. 249, = Βέθανα (*Beth*-

cours supérieur de l'Euphrate. Ce qu'il y a de curieux, c'est que, suivant Étienne de Byzance (s. v. Τύρος), Arrien donnerait à cette *Anatho* ou *Anatha* le nom de *Tyr* : Ἀρριανὸς δὲ τὰ Ἄναθα Τύρον καλεῖ

Enfin, je ne serais pas surpris que le nom de la déesse *Tanit* fût pour quelque chose dans l'origine de celui de *Tunis*. Déjà Gesenius, avec sa pénétration habituelle, avait été frappé du rapport qui existe entre ces deux mots (*Scripturae ... monumenta*, p. 117). On a eu tort de perdre de vue ce rapprochement, dans ces derniers temps; il est d'autant plus remarquable que les objections qu'on pourrait être tenté de tirer de la forme grecque Τύνης (τ = ת) s'évanouissent quand on prend la forme arabe actuelle, dont la racine va plonger, par delà la couche grecque, dans le sol phénicien : تونس. La résolution du ת final en sifflante est un fait bien connu dans le passage des anciens dialectes sémitiques à l'arabe; c'est ainsi que le nom de la עטרות moabite devient عطاروس. Si jamais l'on parvient à prouver d'une façon certaine cette étymologie bien tentante du nom de Tunis, on en tirera une grande lumière,

Anat, maison de 'Anat), selon Ptolémée (V, 17, p. 377); cf. Ammien Marcellin, XXIV, 1, 6, et Theophyl. Simocat., IV, 10; V, 1. — Ce qui m'enhardit à faire ce rapprochement, c'est que la forme arabe actuelle de ce nom de lieu contient le *aïn* initial correspondant au *aïn* de 'Anat. Au surplus, la toponymie palestinienne nous prouve que le nom de la déesse 'Anat a servi d'élément formatif à des noms de lieux; on peut hésiter à le reconnaître dans le nom de la ville de Benjamin, ענתות, mais il est difficile de ne pas le voir dans les noms de בית ענות, ville de Juda, et בית ענת, ville de Naphtali.

non-seulement pour l'explication du Prosôpon de Carthage, mais encore pour la véritable prononciation, jusqu'ici inconnue, du nom de la déesse, que j'écris *Tanit* pour me conformer à l'usage, mais qui pourrait fort bien être *Tounit* [1].

Je crois qu'il y a lieu aussi de prendre en considération, à propos de l'île carthaginoise de Prosôpon, le nom du promontoire sur lequel s'élevait la fameuse Bérénice de la Pentapole africaine, auprès du lac Triton : *Ψευδοπενιάς* [2]. La seconde partie de

[1] Il serait bon, du reste, d'examiner d'un peu près les éléments d'informations que peut nous fournir, sur l'antiquité punique, le monde arabe qui l'a remplacée dans les mêmes lieux. En Syrie et en Palestine ce genre d'enquête nous a mené à de précieuses constatations. Je crois qu'il en serait de même en Afrique. En voici deux exemples : Yaqout mentionne à Tunis une porte appelée باب المعشوق. On ne saurait manquer d'être frappé de cette répercussion littérale du تل المعشوق de Tyr, et de tous les souvenirs mythologiques qu'il évoque et qui ont été si souvent signalés (*Melqart*). A Tunis également est un sanctuaire objet d'une extrême vénération, placé sous l'invocation de المؤدّب مُحْرِز : c'est par lui que jurent les matelots; la poussière recueillie dans le tombeau du saint personnage et jetée dans les flots courroucés a la propriété de les apaiser. Qui hésiterait à reconnaître là une trace du Poseidon (le dieu צר?) phénicien? Le surnom même de *Mouhriz*, « le gardien », est extrêmement curieux, car il nous reporte, par la racine *haraz* dont il dérive, à ce mystérieux *Χορζάρ*, le Poseidon des *Philosophoumena*, maître et gardien de la mer.

[2] Strabon, XVII, III, 20. *Ἔστι δὲ ἄκρα λεγομένη Ψευδοπενιάς, ἐφ' ἧς ἡ Βερενίκη τὴν θέσιν ἔχει παρὰ λίμνην τινὰ Τριτωνιάδα, ἐν ᾗ μάλιστα νησίον ἐστὶ καὶ ἱερὸν τῆς Ἀφροδίτης ἐν αὐτῷ.* Cet îlot du lac Triton, consacré à Aphrodite, serait-il celui qu'Hérodote place au même endroit et appelle Φλά (Hérod., IV, 178)? Si cette île lacustre de Φλά est identique, comme le pense Pape (I, 1637), avec l'île de Φυᾶ (Io. Alex. π. μ. λ. 8, 5) = *Φυεί* de l'*Etymologicum magnum*, aurions-nous encore affaire à un פני analogue au *Πρόσωπον* de Carthage et à la *Προσωπῖτις* insulaire d'Égypte?

ce nom, difficilement ou tout au moins peu vraisemblablement explicable par le grec, rappelle de bien près פנים, פני, *face;* il se pourrait que le cap de Bérénice fût un *Prosôpon* comme l'île de Carthage, comme le cap syrien Θεοῦ πρόσωπον, et que le mot hybride Ψευδοπενιάς fût l'équivalent de Ψευδοπρόσωπον.

L'île de Carthage pourrait donc être redevable de son nom à la déesse Tanit.

Il n'y aurait rien d'impossible à ce que le Θεοῦ πρόσωπον de la côte de Syrie, qu'on a depuis longtemps invoqué à titre de comparaison, nous masquât, lui aussi, une entité *féminine* analogue; cette entité, il nous en aurait peut-être même restitué l'équivalent sous la forme d'un de ses noms modernes : il s'appelle le *Cap de la Madone*[1].

[1] E. Renan, *Mission de Phénicie*, p. 145. «Le massif du cap *Theou Prosopon*, enfin, a conservé beaucoup de traces de son passé phénicien. Le nom primitif de ce cap était sans doute Phaniel ou Phanouel, nom que nous trouvons en Palestine aux endroits où l'on croyait que Dieu était apparu. Peut-être est-ce une traduction de פני בעל «face de Baal», épithète constante de *Rabbath Tanith* dans les inscriptions carthaginoises. Le nom de *cap Madonne* serait-il un écho du nom de *Rabbath?*»

On pourrait supposer tout d'abord que cette appellation de *cap Madone*, marquée au coin italien, est d'origine purement occidentale et récente; mais elle a une racine ancienne et locale. Elle provient d'un couvent indigène qui s'élève au sommet du Theou Prosopon et qui est consacré à la Vierge, sous le vocable significatif de *Nouriyè* «la lumineuse». Une légende raconte que le couvent fut fondé par un marin en danger de mort à qui apparut, au lieu même du sanctuaire, dans la nuit et la tempête, une lumière surnaturelle (Ritter, *Erdkunde*, VIII, 2, 588). Il y a là probablement une obscure mais in-

Il n'est pas jusqu'au *Penouel* ou *Peniel* de la Palestine transjordanienne qui ne soit susceptible d'être rangé par un côté dans cette catégorie de noms caractéristiques.

La tradition qui s'y rattache nous ramène tout droit au point qui nous occupe : la valeur réelle de l'expression *penê-Baal* appliquée à Tanit.

Il est, en effet, très-remarquable de voir que, dans la lutte nocturne de Jacob et d'Élohim, à *Penouel*, tradition qui vise incontestablement à expliquer ce nom de lieu (*Face-de-El*), le lutteur divin est, pour les plus anciens interprètes de la Bible, l'*ange*, le מלאך d'Élohim. Si même l'on compare, sur cette tradition, *Genèse*, XXXII, 24 et *sq.* à *Osée*, XII, 4-5, l'on constate que la substitution du מלאך, si tant est que ce soit une substitution, est ancienne. A ce compte, מלאך = פני־אל, et le Peniel biblique aurait aussi pour origine, comme les noms congénères, une manifestation divine sous forme d'*hypostase*. Seulement, ici, le sexe de l'être hypostatique n'est point féminin ou, tout au moins, reste indéterminé.

Je n'ai point besoin de rappeler les passages connus où nous voyons Jéhovah déléguant ses pouvoirs à un מלאך, quand il s'agit de se révéler aux yeux des hommes, et les rapports qu'il y a entre les angélophanies et les théophanies. Il y en aurait long à dire

time réminiscence de la divinité gardienne éternelle de ce cap et une allusion directe à la théophanie qui lui avait valu son nom antique.

sur ce sujet. Je me bornerai, pour l'instant, à citer un verset d'Isaïe bien frappant :

ומלאך פניו הושיעם [1].

Et l'ange de sa face (de Jéhovah) *les a sauvés.*

Ces paroles s'appliquent merveilleusement à Tanit telle qu'elle se manifeste sur notre coupe, et reçoivent, en retour, de cette scène une lumière étrange : nous voyons ici Tanit jouant, conformément à son nom, le rôle d'*ange de la face de Baal,* et intervenant, à cet état, pour une *œuvre de salut.* Quand je dis *ange,* je pèse toute la gravité de ce mot, et je me réserve de démontrer que la figure de cette divinité rentre en plein dans l'iconographie angélique dont elle nous offre un des plus anciens spécimens. Mais je reviendrai d'une façon spéciale, au cours de la présente étude, sur la question capitale d'exégèse que soulève ce rapprochement, dont l'on peut, dès maintenant, prévoir les conséquences. J'en ai dit assez pour faire comprendre que la conception de Tanit, comme émanation hypostatique de la face de Baal, comme *ange de la face,* en un mot, n'est pas chose si contraire au génie sémitique qu'il soit besoin de recourir, pour expliquer la locution de פנ־בעל, à un faux-fuyant géographique [2].

[1] *Isaïe,* LXIII, 9.

[2] Ἄγγελος était un surnom d'*Artémis* (= Tanit), à ce que nous apprend Hesychius, et aussi d'Hécate à Syracuse (*Schol. Theocr.* II, 12). Nous allons voir à l'instant que la triple Hécate a, par la triple Gorgone, des accointances avec Tanit.

L'on a fort justement, à plusieurs reprises, comparé cette apposition contestée qui définit le nom, et je crois pouvoir ajouter maintenant *les fonctions* de Tanit à des appositions analogues accompagnant le nom d'autres déesses phéniciennes : par exemple, *Astarté*, שם־בעל, que je traduirai soit, avec Lévy de Breslau, par *Astarté ciel-de-Baal*, soit par *Astarté du ciel de Baal*, et que je comparerai au nom même de la déesse Hathor, *Hat* + *hor* = *maison d'Horus*. Et encore : *ʿAnat*, עז־חים, ce qui est rendu en grec (inscription bilingue de Larnax Lapithou) par Ἀθηνᾷ Σωτείρᾳ et signifie non pas, comme on le dit couramment, *ʿAnat force-de-vie*, mais *Anat* (*du*) *salut-de-vie* (= Σώτειρα)[1].

Je crois que les locutions telles que פנ־בעל, שמ־בעל, etc., où entre un *nom de dieu*, ont l'origine suivante. Les dieux et les déesses sémitiques portent des noms génériques appliqués à des personnalités distinctes; il y a des *Baals*, des *Resephs*, des *Molochs*, des *Astorets*, des *Anats*, des *Tanits* différents les uns des autres et pouvant se combiner de plusieurs manières. La stèle de Mesa, par exemple, nous offre une עשתר כמש, une *Astor-Chamos*, c'est-à-dire une *Astor de Chamos;* Chamos avait son Astarté qui, tirée de sa propre substance, faite à son image, lui servait de

[1] Comme qui dirait *Notre-Dame-du-Salut*. Pour עז, dans le sens de *σωτηρία*, cf. Psaumes, XXVII, 1 : יהוה מעוז חיי; *id.* XXVIII, 2; LXII, 8 : יהוה עז למו; *id.* XLVI, 8, etc... La version des Septante se sert volontiers, pour traduire cette locution עז, מעוז, de l'expression *ὑπερασπιστής*, qui fait image et évoque le souvenir plastique de l'*Athéné à l'égide tutélaire.*

parèdre *féminine*, peu importe à quel titre, épouse, sœur, mère ou fille, peut-être tout cela à la fois, car les doctrines orientales, loin de reculer, dans leurs systèmes théogoniques, devant les associations basées sur l'inceste, ont toujours, au contraire, recherché volontiers cette complication mystique. Mais d'autres dieux pouvaient avoir, avaient même certainement leur Astor ou leur Astoret. Il fallait donc préciser, pour éviter la confusion, l'*Astarté de Chamos*, l'*Astarté de Baal*, etc. Seulement, au lieu de déterminer la déesse par la simple adjonction du nom de son parèdre mâle, l'on a de bonne heure été tenté de lui relier ce nom par l'intermédiaire d'un mot marquant le rapport dans lequel elle se trouvait vis-à-vis de ce dieu envisagé, non pas à l'état théorique, inerte, mais à l'état fonctionnel, en mouvement, c'est-à-dire par l'énonciation d'une des qualités de ce dieu, d'un de ses attributs, voire même d'un de ses actes, pour ne pas dire d'un de ses organes !

A ce second procédé, qui répondait aux plus secrètes aspirations de la théologie sémitique, et qui a peut-être sa source en Égypte, doivent être rapportés les déterminatifs du type שם־בעל, פנ־בעל et autres similaires. On trouvera peut-être, dans le même ordre d'idées, des רוח בעל, עין בעל, יד ou ימין בעל, דבר בעל, קול בעל, כבוד בעל, חסד בעל, etc.

Ce genre d'expressions élevées à la hauteur de déterminatifs finit à la longue par constituer de véritables êtres de raison, des entités distinctes, ayant un corps, vivant d'une vie propre, tout en continuant de se rattacher mythologiquement à leur générateur par les liens de la parenté la plus variée. Ce sont de telles abstractions qui ont servi d'amorces aux anges et aux éons, issus de la divinité proligère par une sorte de segmentation métaphysique tout à fait parallèle au dédoublement sexuel qui a donné naissance aux déesses, et se confondant même parfois avec lui. C'est par cette voie qu'une *Tanit de la face de Baal*, en s'identifiant avec son déterminatif aussi intimement qu'elle était, à l'origine, identifiée avec le dieu lui-même, et en remontant, pour ainsi dire, à sa source, a pu devenir, à un moment, une *Tanit face de Baal.*

A ce compte, תנת פנ־בעל, עשתרת שמ־בעל, seraient donc au fond l'équivalent de תנת בעל, עשתרת בעל, la *Tanit*, l'*Astoret de Baal*, de même que l'*Astor de Chamos* pourrait être plus tard עשתר פנ־כמש, l'*Astor de la face de Chamos*, et plus tard encore, l'*Astor face de Chamos.*

Si les noms de dieux ont servi de déterminatifs aux déesses, il serait intéressant de constater que, dans certains cas, les noms de déesses ont rendu le même service à certains dieux. Mais je ne puis aborder en ce moment cette question.

On ne saurait nier assurément que souvent les noms de dieux sémitiques ont des déterminatifs *géographiques;* mais tout déterminatif n'est pas forcément géographique. Il est indubitable que בעל תרז, בעלת גבל, par exemple, ne peuvent signifier que le *Baal de Tarse*, la *Baalat de Gebal*, exactement comme

Ζεὺς Δωδωναῖος, le *Zeus de Dodone*, et Ἄρτεμις Ἐφεσία, l'*Artémise d'Éphèse;* mais un Ζεὺς βροντῶν, une Ἄρτεμις σώτειρα, ne sauraient être autre chose qu'un *Jupiter tonnant*, une *Diane Sospita*[1]. Les qualificatifs divins, chez les Sémites, sont de provenance tout aussi diverse que chez les Grecs; il y en a de géographiques, cela est sûr, mais il y en a aussi de descriptifs, d'attributifs, etc.

[1] De même, un בעל שמם est, de toute évidence, un *Baal des cieux*, un Ζεὺς ἐπουράνιος. En revanche, je suis tout disposé à voir dans le nom de בעל חמן, parèdre de Tanit, une appellation géographique.

M. E. Meyer, qui s'est rallié à l'explication du surnom de Tanït par un vocable géographique, a cru récemment (*Zeitschrift der d. morgenländischen Gesellschaft*, XXXI, 720) reconnaître le Baal Hammon et la Tanit de Carthage dans une dédicace latine, recueillie à Lambèse par M. l'abbé Delrieu, et publiée par M. H. de Villefosse dans la *Revue archéologique* (1876, I, 127) : SATVRNO DOMINO ET OPI REGINAE. « *Offenbar*, dit-il, *ist* Saturno Domino = לאדן לבעל, *und* Opi Reginæ = לרבת לתנת. » Et il s'appuie sur cette hypothèse pour attaquer l'identification, proposée par Gesenius, de Tanit avec la *Juno Cœlestis* de Carthage. Je ne saurais, pour ma part, souscrire à l'opinion de M. Meyer; je considérerais plutôt, dans le texte de Lambèse, Saturne comme répondant à Kronos, à *El* ou *Molech*, par conséquent. Quant à Ops, ce ne peut être autre chose que *Rhea*. Or, la Rhea phénicienne s'appelait Ἀμμάς (*Etymologicon magnum*); elle figure sous ce nom dans une inscription punique (n° 215, *Punische Steine*, de J. Euting) qui débute ainsi : לרבת לאמא. N'est-ce pas exactement le OPI REGINAE de Lambèse? L'équivalent phénicien de l'inscription provenant de cette dernière localité serait quelque chose comme :

לאדן לאל (ou למלך) ולרבת לאמא

M. Meyer devra, en conséquence, modifier les conclusions offensives et défensives qu'il a cru pouvoir tirer d'une conjecture sans fondement.

§ 11. — TANIT FACE DE BAAL ET LES ORIGINES DE MÉDUSE.

Cette conception plastique de la déesse Tanit, qui se réduit à *une face féminine ailée*, et nous offre ainsi un commentaire des plus opportuns de l'expression punique פנ־בעל, va nous permettre d'aborder un nouveau problème mythologique.

Avant d'étudier, dans toute son étendue et dans toutes ses conséquences, le contact, historiquement démontré, de Tanit et d'Artémis, nous avons sommairement constaté que la représentation de Tanit, telle qu'elle se voit sur notre coupe, se rattachait visiblement à l'iconographie égyptienne, et reproduisait notamment les traits de la déesse Hathor.

Mais cette affinité égyptienne ne s'arrête pas là. Je pense qu'il est possible d'établir que la face de Tanit est bien, sous tous les rapports, l'équivalent de la face de Hathor, de la déesse égyptienne qui, elle aussi, contient en elle, onomastiquement, l'essence et l'image d'un dieu : *Hat-hor*, maison de Horus, et qui porte souvent sur sa tête, entre ses cornes en croissant, le disque solaire.

Après avoir descendu jusqu'aux relations de Tanit avec le panthéon hellénique, nous allons avoir à remonter jusqu'à ses relations avec le panthéon égyptien, et nous verrons que cette double adhérence de la déesse phénicienne, loin de nous écarter de notre premier ordre de recherches, nous y ramènera, au contraire, directement, en introduisant entre ces trois mondes religieux un trait d'union essentiel.

Sur les monuments égyptiens, la tête de Hathor se détache déjà volontiers de son corps, et l'on rencontre le masque isolé de la déesse répandu sur nombre d'objets comme emblème, parfois même comme simple thème décoratif.

Ces faces de Tanit et de Hathor peuvent être comparées directement; mais le rapprochement devient autrement instructif si l'on y fait intervenir un élément hellénique ou du moins un élément fourni par le monde hellénique : *la face de Méduse, de la troisième Gorgone.* C'est le masque féminin de Hathor, reconnaissable à ses deux oreilles de vache, qui, combiné dans certains cas avec la face hideuse du dieu Bes[1], me paraît avoir, par l'intermédiaire de la face de Tanit, donné naissance au masque de la Gorgone : plastiquement et mythologiquement, Méduse est fille de l'Orient, ou plus exactement de *la Libye*[2], c'est-à-dire du pays même de Tanit.

Il m'est impossible de traiter en passant cette question sur laquelle j'ai déjà rassemblé depuis longtemps de nombreux matériaux; je ne puis cependant me soustraire à la nécessité de toucher un sujet sur lequel la coupe de Palestrina nous apporte des infor-

[1] La ressemblance de la face grimaçante de la Gorgone avec celle de Bes avait déjà frappé, sans qu'on pût en rendre autrement compte.

[2] Une tradition fait naître du sang de Méduse décapitée par Persée le *corail;* cette légende bizarre, recueillie dans un hymne orphique, pourrait bien avoir visé la paronomasie פנים, פן «visage, face» (Tanit Penê-Baal), et פנינים, פניים, פני «corail» (*Peni, Peniim, Peninim*).

mations inestimables. Je me bornerai seulement à quelques brèves indications sur les résultats que j'avais obtenus avant de connaître ce monument, résultats qui peuvent se résumer en deux mots :

La Tanit libyenne, la Tanit face-de-Baal, est le prototype mythique et local immédiat de Méduse.

Commençons par faire abstraction de l'identification courante de Tanit avec Artémis, en tenant compte de ce fait fréquent, que ces assimilations mythologiques plus ou moins arbitraires, consenties entre Grecs et Phéniciens, ont varié suivant les lieux et les temps, et peut-être dans les mêmes lieux et les mêmes temps, selon que l'on procédait de l'hellénisme au sémitisme ou inversement. Par exemple, pour un Sémite, Tanit pouvait correspondre à Artémis, tandis que, pour un Grec, Athéné pouvait correspondre à cette même Tanit.

En tout cas, les exemples d'une même divinité ayant, dans ces conditions, subi deux et jusqu'à trois assimilations en apparence contradictoires, ne sont pas rares, et j'ai eu moi-même occasion d'insister plusieurs fois sur ce fait.

Cela posé, il est aisé de démontrer que *Tanit* a eu aussi pour équivalent *Athéné*, concurremment avec Artémis. Je ne rappelle que pour mémoire la tradition oscillant, au sujet de la déesse orientale de Laodicée, entre Artémis et Athéné. Je m'appuie surtout sur l'existence d'affinités directes entre Tanit et Athéné.

Tanit confine par plusieurs côtés à une certaine

Athéné[1] africaine; or Athéné a une tendance des plus accusées dans la légende grecque à se confondre elle-même avec la Gorgone libyenne, dont elle est l'ennemie mortelle, Γοργοφόνος, mais en même temps l'image, Γοργῶπις[2].

La signification lunaire de Méduse a été depuis longtemps démontrée[3]. Il suffirait pour l'établir de citer le nom de γοργόνιον appliqué à la face lunaire[4]. L'Athéné libyenne, résidant auprès du lac Triton, ou sortie même de ce lac[5], et objet d'un culte spécial en Afrique, avait la même signification; les anciens la considéraient formellement comme une déesse synonyme de *Seléné* et de *Méné;* cette Athéné lunaire a même cédé à l'astre qu'elle représente son épithète caractéristique : la lune, qui est κύκλωψ, est également γλαυκῶπις!

Tanit, elle aussi, comme toutes les grandes déesses

[1] La consonnance même des deux noms, *Athéné* et *Tanit*, consonnance toute superficielle, n'a pu que favoriser le rapprochement. Nombre de contacts entre la mythologie grecque et la mythologie sémitique ont été déterminés par de semblables attractions phonétiques qui n'ont, naturellement, aucune valeur étymologique.

[2] Cf. l'*Athéné* adorée par les Kernéens, sous le nom même de *Gorgô*.

[3] Preller, *Griech. Mythol.* II, 64 (2te Ausg.).

[4] Hécate, lunaire comme la Gorgone, est, comme elle aussi, triple. D'autre part, souvent Hécate = Artémis, or Artémis = Tanit.

[5] Ἀθήνη Τριτωνίς, Τριτογένεια. Lorsqu'on voit Hérodote aller même jusqu'à prétendre que les Grecs ont emprunté aux *Libyennes l'habillement et l'égide des statues d'Athéné* (IV, 189), l'égide décorée de la *tête de la Gorgone*, il est difficile de nier les rapports intimes établis entre Athéné, Tanit et Méduse.

orientales, est la lune[1], la reine et pour ainsi dire le visage de la nuit, au même titre que Baal est le soleil, le roi du jour. C'est sous cet aspect qu'elle a été assimilée directement par les Grecs à leur Artémis[2].

Cette Seléné libyenne nous fournit même le moyen de fermer complétement le circuit lunaire qui met en communication Tanit-Artémis et Athéné-Gorgo. En effet, Seléné est, comme sa sœur Phœbé, une Τιτανίς (Apollon. de Rhodes, 4, 50; cf. Ovide, *Fastes*, IV, 943); or, au taux de conversion mythologique établi par Sanchoniathon et calculé plus haut, *Titanis* = *Artémis* = *Tanit*.

[1] Gesenius, *Monumenta*, etc., p. 116. Movers, dans Ersch et Gruber, *Encykl.* s. v. *Phönizien* (III, 24, p. 386). Cf. M. Ph. Berger, *Journal asiatique*, 1877, IX, p. 158.

[2] Il n'y a pas lieu d'être surpris si Tanit a été rapprochée, d'un côté d'*Athéné*, de l'autre d'*Artémis*. C'est ainsi que le *Reseph* phénicien a subi la bifurcation de *Persée* et d'*Apollon*. De pareils doublets mythologiques, qui s'expliquent souvent par des différences de lieux et de temps, ne sont ni rares, ni invraisemblables. Les correspondances établies entre les cultes helléniques et le culte romain nous en offrent plus d'un exemple. C'est un phénomène qui s'est toujours produit et qui se produira invariablement entre deux religions mises historiquement en présence sur une large surface et pendant une période de temps prolongée. Pour le cas présent, par exemple, on pourrait admettre (ceci n'est qu'une hypothèse destinée à faire mieux comprendre ma pensée) que la Tanit asiatique avait été d'abord identifiée avec *Artémis*, tandis que 'Anat l'était avec *Athéné*; puis que Tanit, transplantée en Libye par les émigrés tyriens et ayant reçu un développement propre sur le sol africain, y a été reprise par les Grecs dépaysés, sous la forme d'une *Athéné*; plus tard les Romains, à leur tour, y ont voulu voir leur *Junon*. D'ailleurs, l'Athéné tritonienne a de tout autres allures que l'Athéné purement hellénique: c'est une vierge guerrière et *chasseresse* comme Artémis (ἐπὶ θήραν τε ἐξιέναι. Diodore de Sicile, III, 57, 70).

D'un autre côté, Seléné (=Athéné africaine, tritonienne), chez les Grecs, reçoit des qualificatifs qui la rapprochent sensiblement de la *vache*, et, par conséquence, de Hathor; elle est *ταυροφυής*, *βοῶπις*, *εὐκέραος*, *κερόεσσα*, *κεραίη*, *βοῶν ἐλάτειρα* (conf. *βόες Σελήνης*).

La déesse Hathor, il est vrai, n'a pas, à proprement parler, un rôle lunaire; elle est le ciel nocturne dans son ensemble; mais je crois qu'on peut admettre que si son corps est l'image de la nuit, sa face, considérée à part, est la face lunaire. D'ailleurs Isis, dont le caractère lunaire est patent, lorsqu'elle est coiffée du disque et des deux cornes de vache, se trouve dans ce type, comme nous l'apprend M. E. de Rougé [1], presque complétement confondue avec *Hathor*, et de très-anciens monuments lui donnent déjà la vache pour symbole. Je ferai remarquer, d'autre part, que Hécate et la Gorgone, outre leur aspect lunaire restreint, représentent également, d'une manière plus générale, la nuit.

N'oublions pas, au surplus, qu'il s'agit ici non pas de répétitions littérales de certains mythes, mais d'adaptations, et d'adaptations où l'iconographie a eu une part au moins aussi large que le dogme. Il se peut que le contact égyptien et carthaginois, en

[1] E. de Rougé, *Notice*, etc., p. 138. Cf. p. 133 : *Hathor est souvent identifiée avec Isis.* Il y avait en Égypte une *Aphrodite Scotia*, qui n'est autre chose que Hathor; or Diodore compare cette Aphrodite des ténèbres à l'Hécate lunaire. La mythologie égyptienne nous offre une Hathor céleste et une Hathor infernale, de l'Amenti.

ce qui concerne Tanit, ne se soit pas opéré directement par Hathor, mais par une des variantes de cette déesse, par exemple *Neith qui jouait dans le culte de Saïs le même rôle que Hathor*[1]. Il n'y aurait même rien d'impossible à ce que le nom de *Neith* fût pour quelque chose dans la formation du nom de *Tanit*[2], dont l'origine ne s'explique pas clairement par le phénicien; d'un autre côté, cette *Neith* a subi de la part des Grecs une identification expresse avec *Athéné*, ce qui nous ramène par une autre voie à notre *Athéné* tritonienne, équivalent direct de *Tanit*. Ce serait alors plus spécialement de la partie occidentale de la basse Égypte, c'est-à-dire la plus voisine des Carthaginois, que serait sorti, sinon le culte

[1] P. Pierret, *Catalogue de la salle historique de la galerie égyptienne*, p. 190.

[2] La transcription généralement reçue de תנת par *Tanit* n'a rien d'obligatoire; elle pourrait être tout aussi bien *Taneit* = *Tanèt* (תניית). *Taneït* peut être *considéré* comme se décomposant en *Ta* + *neit*, où *ta* représenterait l'article féminin égyptien. Cette *explication* de תנת par *ta* + *Neith*, proposée il y a bien longtemps déjà par Hyde, Reland, Ackerblad, Gesenius (*Monumenta*... 117, 118), n'implique pas nécessairement la *réalité de cette dérivation*; elle peut être, si l'on veut me permettre cette expression en apparence paradoxale, elle peut être à la fois *fausse et historique*, et résulter d'une de ces assimilations phonétiques superficielles que les peuples anciens ont toujours cherché à établir, surtout dans le domaine religieux, entre des noms radicalement étrangers les uns aux autres. Le goût pour les paronomasies de ce genre, goût si vif chez les Grecs, n'a certainement pas été leur propriété exclusive; c'est un besoin, un besoin grossier, si l'on veut, mais qui est de tous les temps et appartient à tous les hommes; et je montrerai un jour que les Phéniciens ont procédé à l'égard des panthéons de nations voisines comme, plus tard, les Grecs à l'égard du panthéon sémitique lui-même.

même de Tanit, du moins l'une des formes qu'il avait revêtues en étant introduit en Libye.

Les textes anciens et les monuments figurés des Grecs font tantôt du masque gorgonien une face horrible et grimaçante, tantôt, au contraire, une face d'une merveilleuse beauté. Cette double conception a toujours beaucoup embarrassé les archéologues; on a voulu l'expliquer par une transformation graduelle; les Grecs seraient partis du type horrible pour arriver peu à peu à un type idéal répondant à leurs tendances esthétiques. Je crois que les deux types, dont l'un a fini par supplanter l'autre à peu près complétement, ont coexisté anciennement et qu'ils ont pour point de départ deux conceptions plastiques distinctes :

1° La face de Hathor, la déesse qui personnifiait la beauté pour les Égyptiens, surtout sous le rapport des yeux, à telles enseignes que plus tard les Grecs, mis en rapport immédiat avec le panthéon égyptien, avaient assimilé Hathor à leur *Aphrodite* [1].

2° La face hideuse du dieu Bes, divinité égyptienne très-obscure qui semble d'origine étrangère, et dans laquelle plusieurs savants ont cru reconnaître une forme du Baal sémitique [2].

[1] E. de Rougé, *Notice sommaire des monuments égyptiens*, p. 133.

[2] Notamment M. Birch, si je ne me trompe. Je ferai remarquer à ce propos que Bes revêt souvent les attributs d'Ammon; or l'on ne saurait guère nier que *Ammon*, malgré la différence phonétique, n'ait eu quelque contact avec *Baal-Hammon*, c'est-à-dire avec le *parèdre de Tanit*. (Cf. *Khem-Ammon*, l'Ammon générateur.) Je demanderai aux égyptologues de vouloir bien vérifier si les innombrables combinai-

Le double aspect de la Gorgone devrait donc être ramené iconographiquement à un double prototype, à une combinaison qui aurait conjugué les faces et aussi les personnalités mythiques de Hathor et de Bes.

Conformément à cette théorie, il conviendrait de diviser les Gorgones en deux grandes séries :

1° La Gorgone belle, femelle, dérivée de Hathor et de la Tanit carthaginoise;

2° La Gorgone hideuse, mâle, se rattachant à Bes ou Baal.

Mais, dira-t-on, la réalité de cette *forme mâle de*

sons de la mythologie égyptienne ne nous fourniraient pas par hasard une association de Hathor ou de Neith avec Bes, ou au moins avec Ammon. Si l'on admet, avec M. Brugsch, que la déesse *Beset* ou *Best* est la forme féminine de *Bes*, il y aura lieu de faire, dans la génération des types de la Gorgone, une place à cette déesse Beset, spécialement dans son rôle terrible de Sekhet léontocéphale. La face *léonine* et féroce de Sekhet est un pendant naturel de la face tout à fait bestiale de Bes, dont les cheveux sont comme la crinière d'un lion, et qui est souvent vêtu de la peau de cet animal (comme Héraklès). Beset « porte sur le bras gauche une sorte d'égide se composant d'une tête de la même déesse, couronnée de divers attributs, avec une sorte de manche orné d'une frange » (De Rougé). Cela rappelle l'Athéné Gorgopis tenant le bouclier gorgonien. Nous ne devons point être surpris si Méduse a emprunté différents traits à diverses déesses égyptiennes.

Je ne saurais me dispenser de faire remarquer que, si l'on accepte, avec M. Brugsch, la parenté de Bes et Beset, et si l'on s'en tient rigoureusement aux équations reconnues par les Grecs, on obtient le résultat suivant qui est bien remarquable : *Beset* (ou Boubastis) = *Artémis;* or *Tanit* = *Artémis;* donc Beset = Tanit. Par conséquent, les parèdres respectifs de ces deux déesses (*Bes* et *Baal-Hammon*) sont, entre eux, dans le même rapport, c'est-à-dire identiques, ou, si l'on veut, identifiés.

la Gorgone, indispensable à ce système, est purement conjecturale; il faudrait en démontrer l'existence. Eh bien! cette preuve, je puis la produire, et c'est une découverte toute récente faite à Orvieto, en Étrurie, qui me la fournit. On voit, en effet, sur une plaque de bronze circulaire, travaillée au repoussé, et provenant de cette localité, une Gorgone en pied, à la face hideuse, et dont le *sexe mâle* est caractérisé de manière à ne laisser place à aucun doute[1].

Je pense que l'action magique exercée par la face de Méduse sur ceux qui la voyaient appartient proprement au type horrible, mâle, et est le produit du transfert d'une propriété originairement solaire, mise au compte du Gorgoneion lunaire. Baal est la face du soleil qu'on ne saurait regarder sans être aveuglé; Tanit est la face moins terrible, plus douce, sur laquelle on peut fixer les yeux, c'est la face même de Baal réfléchie par un miroir fidèle qui en éteint seulement les ardeurs dévorantes, c'est en un mot *Tanit pené-Baal.*

Pour moi, en me rappelant ce que je viens de dire : 1° sur les rapports de l'Athéné-Gorgo libyenne et de Tanit; 2° sur l'existence d'une *Gorgone mâle;* 3° sur la relation de cette Gorgone mâle avec Bes; 4° sur les affinités de Bes et de Baal, je ne puis m'empêcher d'être tenté de reconnaître dans Ἀθηνᾶ Γοργῶπις une locution ressemblant à s'y méprendre à celle de תנת פנ־בעל, interprétée comme *Tanit, face de Baal.*

[1] *Archäologische Zeitung*, 1877, 3tes Heft, pl. XI.

Toutes les considérations intrinsèques aussi bien qu'extrinsèques tendent à faire reporter notre coupe aux Phéniciens et particulièrement aux Carthaginois, aux adorateurs de Baal et de Tanit. Je propose donc de reconnaître formellement dans le disque solaire de notre monument l'emblème de Baal-Hammon, à la face invisible, et, ce qui est beaucoup plus intéressant pour nous, dans la face féminine ailée, prototype de la face de Méduse, la représentation de Tanit, face de Baal. Si nous avions l'invocation même adressée à ses dieux par le chasseur, au moment du sacrifice, ou les actions de grâce rendues par lui après le danger auquel il a miraculeusement échappé, nul doute que cette prière ne débutât, comme sur les stèles de Carthage, par le nom de Tanit, par le nom de la grande déesse qui joue dans l'affaire un rôle prépondérant : לרבת לתנת פנ־בעל ולאדן לבעל־חמן.

Ainsi ce document nous apporte la solution directe d'un des problèmes les plus obscurs de la mythologie phénicienne; il nous permet en même temps de jeter un jour tout nouveau sur les relations de Méduse avec Tanit et avec les déesses égyptiennes Hathor, Neith, Isis, etc. Cette filiation de Méduse, dont je n'ai pas besoin de faire remarquer l'importance pour l'histoire générale de l'hellénisme, ressortira tout à l'heure, avec bien plus d'évidence encore, de certaines comparaisons iconographiques[1] et mytholo-

[1] Je me contenterai de faire observer, en attendant, que les ailes de Tanit, sur notre coupe, nous expliquent les ailes de la Gorgone, qui apparaissent encore, extrêmement réduites, il est vrai, sur les

giques [1], subordonnées à l'interprétation du sujet gravé au centre même de la coupe, interprétation dont nous allons maintenant nous occuper.

§ 12. — DESCRIPTION DU MÉDAILLON CENTRAL DE LA COUPE EN ARGENT DORÉ.

Il ne nous resterait plus, pour achever l'étude de la coupe d'argent doré de Palestrina, qu'à procéder à l'examen de la scène ciselée au centre même de la coupe. C'est à dessein que j'ai ajourné jusqu'à présent cet examen. Régulièrement, il aurait dû, à ce qu'il semble, prendre place dans le premier chapitre de ce mémoire. Mais j'ai eu pour l'en distraire et le rejeter à la fin de cette première partie des raisons sérieuses que l'on sera bientôt à même d'apprécier.

L'interprétation de cette scène soulève en effet des

masques courants de Méduse, jusqu'aux plus récentes époques. C'est aussi le cas, en tenant compte de l'assimilation faite par les anciens, de Tanit avec Artémis, de se rappeler la surprise de Pausanias en voyant sur le coffre de Kypselos (de style oriental et dont nous aurons à reparler) une *Artémis avec des ailes aux épaules : Ἄρτεμις δὲ οὐκ οἶδα ἐφ' ὅτῳ λόγῳ πτέρυγας ἔχουσά ἐστιν ἐπὶ τῶν ὤμων* (V, XIX, 5). C'est bien dans son rôle d'Artémis, de protectrice des chasseurs, que Tanit apparaît sur notre coupe : voilà l'Athéné chasseresse qui régnait sur les bords du lac Triton.

[1] Je montrerai, par exemple, les rapports étroits qu'il y a entre la *décollation de Méduse* par Persée, la décollation d'Isis par Horus, dans la mythologie égyptienne, et la décollation de la fille innommée d'El-Kronos par son propre père, dans la mythologie phénicienne. Cette opération caractéristique, que les Grecs appelaient la *gorgotomie,* est un des traits qui trahissent le mieux l'origine orientale de tout ce mythe.

questions de la plus haute importance, qui vont nous forcer d'agrandir singulièrement le champ de ces recherches. Nous allons être conduits de proche en proche, par la nécessité d'expliquer le sujet qu'elle représente, à d'instructives comparaisons iconographiques, et nous obtiendrons dans cette voie des résultats qui jetteront sur les portions mêmes de notre coupe déjà analysées une nouvelle et vive lumière, en nous les faisant voir sous un jour bien différent. Nous constaterons, d'une façon positive, que cette série d'épisodes se liant si logiquement entre eux, que cette petite histoire plastique qui trouve en elle-même une explication si simple, si rationnelle, si suffisante, est susceptible, non-seulement d'*une, mais de plusieurs lectures mythologiques*, extrêmement curieuses, et que la fable, comme je l'ai déjà fait pressentir en divers endroits, a pris en effet, à un certain moment, possession de ces images.

Il était donc naturel de traiter isolément, et à la fin de cette première partie, une scène qui va nous introduire dans un ordre d'idées d'un tout autre genre.

Le moment est venu, sinon encore d'interpréter cette scène, du moins de la décrire[1].

Elle est inscrite dans un médaillon rond, enveloppé par les deux zones concentriques étudiées plus haut.

Le champ de ce médaillon est limité par un cordon circulaire de perles, ou grènetis, identique à

[1] Voyez la planche I, au centre de la coupe.

celui qui sépare la zone des chevaux de la zone narrative proprement dite.

La surface du cercle est divisée en deux parties inégales et superposées l'une à l'autre par un grand trait horizontal ou à peu près horizontal, qui forme *corde,* en coupant le cercle dans sa région inférieure. En un mot, qu'on s'imagine, en faisant abstraction des éléments ambiants, une véritable *médaille* avec son cercle de grènetis et le segment qui en constitue l'exergue proprement dit. Et ce n'est pas là, comme on le verra plus loin, une comparaison arbitraire et superficielle. Il y a entre ce fond de coupe ainsi disposé et la distribution traditionnelle du champ monétaire, des rapports profonds, organiques, qui seront exposés en leurs temps et lieu.

Dans la partie qui s'étend au-dessus de la ligne de l'exergue représentant le sol sur lequel s'appuient leurs pieds, sont figurés trois personnages humains.

C'est d'abord, à gauche, un homme barbu, aux cheveux longs, raides, retombant sur les épaules. Il est nu-tête, placé de profil, regardant vers la droite, et il paraît être dépouillé de tout vêtement. Ses deux bras sont rejetés en arrière, les coudes rapprochés, et pendent parallèlement. Ils sont étroitement attachés, un peu au-dessous des biceps, par un lien fort visible, à la partie supérieure d'un poteau vertical qui semble plier sous le poids, et qui est tangent par endroits à la concavité du cercle.

M. Helbig [1], qui s'est borné à décrire très-suc-

[1] *Bullettino*, etc., *l. c.*, 1876, p. 120. Voici du reste les quelques

cinctement cette scène centrale, considère comme un *arbre* (albero) ce que j'appelle un *poteau*. Je crois qu'en cela il va au delà de ce qui est exprimé par l'artiste, et que cette traduction ne rend pas exactement le terme iconographique auquel nous avons ici affaire. Si l'artiste avait voulu nous montrer un arbre, il l'aurait écrit lisiblement, c'est-à-dire qu'il aurait dessiné un *tronc* et des *branches*, comme il l'a fait dans les scènes de la zone narrative. Je pense donc être plus près de la vérité en voyant dans ce détail un poteau ou un pieu.

L'homme, penché en arrière et légèrement affaissé, est à moitié agenouillé, ou plutôt ses deux jambes, appliquées l'une contre l'autre, sont fortement infléchies et ramenées en arrière, les plantes en l'air, les orteils contre le poteau, de telle façon que le patient, — le mot n'est pas exagéré, car cette position doit être un véritable supplice, — le patient dis-je, dont les genoux ne touchent pas à terre, semble n'avoir pour tout point d'appui que la ligature des bras, d'une part, et ses cous-de-pied de l'autre.

Devant lui et lui tournant le dos, un second per-

lignes que M. Helbig a consacrées à cette scène centrale : Una figura ignuda con lunghi capelli e folta barba, ma priva di mustacci, è legata ad un albero (a. d.); avanti di essa procede verso d. un uomo imberbe ed ignudo salvo un grembiale attorno le coscie e vibra l'asta contro un altro uomo di sembianza somiglianti ma inerme che recede verso d. La figura coll'asta è accompagnata da un animale di razza canina. Sul segmento inferiore del tondo, che dalla scena orora descritta è separato da una striscia, si vede un uomo imberbe ed ignudo rovesciato ed attaccato da un animale di razza canina che gli morde il talone.

sonnage, fortement fendu, le pied gauche en avant, semble marcher vers la droite à grandes enjambées, et s'éloigner de l'homme attaché au poteau. Ce second personnage est également nu-tête, et ses cheveux raides retombent sur ses épaules. Mais il est imberbe et vêtu d'une courte jupe à petits plis droits serrée à la taille et s'arrêtant à mi-cuisse. Il tend en avant son bras gauche infléchi, le poignet en dehors. De la main droite, élevée au-dessus de sa tête, il tient obliquement, de haut en bas, et de gauche à droite, ce qui semble être une lance. On ne voit pas, il est vrai, la pointe de l'arme qui vient toucher la partie postérieure de la cuisse d'un troisième personnage dont nous allons parler. La pointe a-t-elle disparu dans les chairs du blessé? Avons-nous affaire à la *hasta pura*, c'est-à-dire à la lance sans pointe, à un véritable *σκῆπτρον*? Je n'ose encore me prononcer. De plus, la hampe est assez singulièrement dessinée. Elle passe *derrière* la tête et le bras gauche de celui qui la tient. L'artiste a peut-être voulu, par cet arrangement assurément bizarre, éviter de couper la figure de son personnage par la ligne de la lance. En tout cas, elle devrait normalement passer *devant* la tête, et non derrière. Ce qui est encore plus irrégulier peut-être, c'est que la hampe s'interrompt même à un moment dans le vide compris entre le menton et l'épaule gauche, vide où elle devrait incontestablement reparaître, étant donné l'alignement.

Il y a là un évident *oubli* de l'artiste.

Cette interruption dans le tracé de la hampe n'est

pas un fait isolé. Notre orfèvre est coutumier de ces omissions. Si, par exemple, nous nous reportons à la zone des huit chevaux à la file, nous y constaterons un double cas du même genre se produisant dans des conditions analogues. Deux des chevaux trottants (en haut et à gauche) sont incomplets.

Ils ont chacun la jambe gauche de devant levée. Deux fois cette jambe passe derrière la queue du cheval immédiatement précédent. Elle devrait naturellement reprendre au delà. Il n'en est rien. Deux fois l'artiste a *oublié* de la continuer. Il n'y a pas là inexpérience, mais négligence. L'artiste sait très-bien, à l'ordinaire, qu'un corps ou un objet masqué en partie par un autre n'en doit pas moins, après cette solution de continuité momentanée, exigée par les lois de la perspective, poursuivre son tracé interrompu. Ainsi, sans aller plus loin, nous avons dans la même zone, en haut et â droite, la même intersection de jambe et de queue, et cette fois la jambe est complète. Ici cependant il ne restait plus que le sabot à ajouter, et l'omission eût été moins choquante que dans les cas précédents, où il manque des parties considérables du membre imparfait. La jambe de l'un des deux chevaux inachevés est coupée net à la naissance du canon; celle de l'autre l'est au milieu de l'avant-bras.

Les trois chevaux en question se suivent à la file. L'espace qui les sépare va grandissant de gauche à droite. Aussi pourrait-on supposer que dans les deux premiers cas l'artiste a été quelque peu gêné par la petitesse de l'intervalle séparant les chevaux. Mais il nous a donné, en maint endroit où il y a une bien plus grande accumulation de traits, la preuve que son burin ne s'embarrasse pas pour si peu. L'omission est donc réellement le résultat d'un défaut d'attention et non d'une difficulté matérielle.

On estimera peut-être que je m'étends bien longuement sur ces petits défauts, dont il serait aisé du reste d'augmenter la liste. Si j'y insiste autant, c'est parce qu'ils trahissent, à côté d'une très-réelle habileté technique, habileté qui ne les rend que plus saillants, un certain sans-gêne dans l'exécution, une précipitation dans le travail dont il nous faut prendre soigneusement note au passage. Ces faits ne sont rien en eux-mêmes, si l'on veut, mais les causes qui les ont produits doivent être recherchées. Elles contiennent un enseignement. Nous avons affaire, comme nous le verrons par d'autres indices encore, à un objet fabriqué pour l'exportation à l'aide de procédés expéditifs. Il faut bien le dire, cette coupe, malgré son incontestable valeur artistique, n'est au fond qu'une œuvre de pacotille, peut-être même qu'une reproduction plus ou moins soignée d'un prototype qui pouvait être beaucoup plus beau et beaucoup plus fini. Nous ne tarderons pas, en effet, à acquérir la preuve que plusieurs de ces coupes phéniciennes présentent des répliques textuelles des mêmes scènes. C'est, pour les vues générales que j'aurai à développer ultérieurement, un point important que de constater dans cette toreutique phénicienne des traces manifestes de précipitation et de négligence, car ces conditions techniques particulières ont pu avoir pour effet d'amener sur d'autres monuments similaires des erreurs plastiques de plus d'un genre.

Je poursuis ma description.

Un troisième personnage, sensiblement pareil au précédent, est devant lui, debout, de profil à droite. Même type, même coiffure, même vêtement, même position du bras gauche, même mouvement de marche vers la droite. Seulement, ici, ce mouvement est peut-être encore plus accentué par la flexion prononcée des jambes. Le personnage porte davantage sur la jambe gauche, et traîne fortement la droite. Il a pour cela une bonne raison que nous ne tarderons pas à découvrir.

Le bras gauche, abaissé en avant, a un aspect assez étrange. La paume de la main et le coude tournés en dehors occupent une position tout à fait anormale ; on dirait un membre tordu, disloqué. L'on pourrait tout d'abord supposer que le modèle qu'avait sous les yeux l'artiste représentait ce second personnage, avec le bras gauche tendu en avant et à demi infléchi, dans la même position que celui du personnage précédent. L'artiste, parvenu à l'extrémité de son médaillon et n'ayant plus la place nécessaire pour donner au membre le développement voulu, aurait tout simplement supprimé le geste, et rabattu brutalement ce bras gênant sans plus se soucier de l'invraisemblance anatomique. Les artistes anciens, la peinture céramique des Grecs est là pour l'attester, se permettaient souvent d'aussi fortes licences. En tout cas, j'ai peine à croire à une maladresse pure et simple de notre orfèvre. Ses petites figurines, hommes et bêtes, sont en général fort correctement construites. Il peut pécher par défaut d'attention; ce n'est pas un ignorant. Nous venons, il est vrai, de le surprendre en flagrant délit d'omission. Mais de ce qu'un copiste, étourdi ou pressé, saute çà et là un mot du texte qu'il a sous les yeux, il ne s'ensuit pas forcément qu'il doive commettre une aussi grosse faute d'orthographe. Il ne faudrait donc pas se hâter de conclure à une défaillance du burin. Notre artiste nous a donné déjà mainte preuve de son esprit ingénieux. Peut-être a-t-il eu l'intention d'exprimer ici aussi, par cette bizarrerie, quelque chose de particulier qu'il sera peut-être bon de rechercher.

Ce troisième personnage a les mains vides.

A cette scène prend part un quatrième acteur qui, pour appartenir à la gent animale, n'en joue pas moins un rôle fort sérieux et probablement important. C'est un chien au poil moucheté, aux oreilles droites et pointues, au museau allongé. Il est placé de profil à droite, entre les jambes écartées du personnage à la lance.

Nous relevons ici une nouvelle preuve du sans-gêne de l'artiste. Le chien est inachevé. On cherche vainement la ligne qui devrait joindre le train aux pattes de derrière.

Quoi qu'il en soit, l'animal a happé entre ses crocs aigus le talon droit du second personnage, celui au bras disloqué, et le mâtin ne semble guère disposé à lâcher prise. Solidement arc-bouté sur ses pattes de devant, la tête basse, le train de derrière en l'air, la queue en trompette, il tient bon et tire avec rage sur la jambe du malheureux qui essaye en vain de se dégager. Nous nous expliquons maintenant sans peine l'allure traînante de cette jambe. Le coup de lance y est peut-être bien aussi pour quelque chose, si l'on admet que la pointe a réellement pénétré dans la cuisse.

M. Helbig ne paraît pas avoir compris que le chien s'est attaqué au talon du fuyard. Du moins il ne le fait pas remarquer et se borne à dire que le personnage à la lance est accompagné d'un animal appartenant à la race canine. Je ne pense pas qu'il puisse y avoir doute sur l'acte agressif de ce comparse aux terribles mâchoires. La suite de l'histoire va bien le montrer.

Passons maintenant à la scène ou à la partie de scène placée dans le segment inférieur, en exergue. Nous y voyons un personnage imberbe exactement du même type que les deux derniers. Seulement il est entièrement nu et couché sur le ventre, ou plutôt rampant, le bras gauche étendu en avant, le bras droit ramené sur la poitrine, la jambe gauche étendue en arrière, la jambe droite ramenée sous le ventre. La position et les mouvements de ce personnage le font sensiblement ressembler à un nageur, et tel est le rôle qu'on serait tenté de lui attribuer, si l'artiste avait pris soin de nous indiquer d'une façon quelconque le milieu liquide dans lequel il devrait se mouvoir. La chose est possible; elle n'est pas certaine. Il est donc bon jusqu'à nouvel ordre de réserver notre opinion sur ce point.

Ce qui est hors de conteste, c'est que le personnage est dans une position guère moins critique que celle de l'homme au bras disloqué figurant dans le champ supérieur. Lui aussi est aux prises avec un chien. L'animal, identique à celui que nous avons déjà vu, s'offre ici tout entier de profil, tourné vers la gauche. Rien ne vient le masquer, et nous pouvons apprécier à notre aise la robe mouchetée, les formes élancées, l'encolure musculeuse, les flancs maigres, les pattes hautes, la queue en panache, de ce chien aux allures de chacal, qui est le sosie du précédent, à moins que ce ne soit le précédent lui-même répété selon le procédé conventionnel familier à notre artiste.

Ce second chien est campé sur la cuisse et la jambe allongées de l'homme couché. Il a la tête tournée vers ses pieds. Ici encore c'est au talon qu'il en a, mais au talon gauche cette fois. Il le tient ou cherche à le saisir entre ses mâchoires entr'ouvertes qui laissent voir une riche endenture. Le pied gauche de l'homme vient s'appuyer contre le cercle de grènetis. Le pied droit est inachevé ou simplement incomplet, si l'on aime mieux admettre que ce qui lui manque a été emporté par les crocs de l'animal.

Telle est la description générale de cette scène.

Maintenant comment doit-on l'interpréter? Cela

est une tout autre question. Nous n'avons pas encore les éléments nécessaires pour y répondre. Nous allons bien nous en apercevoir aux difficultés que nous rencontrerons dès les premiers pas.

Tout d'abord nous sommes portés à nous demander si cette scène ne se rattache pas d'une façon quelconque aux épisodes qui se déroulent et s'enchaînent si visiblement dans la zone narrative, si elle n'est pas la suite, le dénouement, ou le commencement de notre conte en images. Cette idée vient d'autant plus naturellement que sur plusieurs coupes du même genre nous constatons, en effet, un rapport intime entre la scène du médaillon central et les scènes circulaires des zones circonscrites. Nous verrons, par exemple, sur certains monuments, telle de ces scènes *extraite* du cycle et mise à part dans le médaillon. Et la preuve qu'il y a bien eu extrait, que le lien entre la scène centrale et le cycle n'est pas imaginaire, c'est que sur des coupes où se trouve reproduit *un même sujet*, ou plutôt une même suite de sujets, la scène qui est rejetée au centre sur un exemplaire, a repris, ou gardé, sur un autre exemplaire, sa place logique dans le cycle, au milieu des autres épisodes. Je ne puis m'arrêter en cet endroit de mon mémoire pour faire la preuve de ce fait extrêmement important. Cette démonstration ressortira d'elle-même de l'analyse de certains monuments congénères qui seront étudiés plus loin, et rapprochés au moment opportun de celui qui nous occupe. Qu'il suffise de savoir provisoirement que dans le cas présent la possibilité de cette connexion est réelle et qu'elle résulte de précédents non équivoques.

Ce qui tendrait encore à rendre cette conjecture plus plausible, ce sont les similitudes frappantes qu'offrent les acteurs de notre scène centrale avec les acteurs de la narration circulaire.

Les trois personnages imberbes ont exactement le même type égyptien ou éthiopien que le cocher du chasseur. Mêmes profils, mêmes coiffures. La seule différence réside dans le costume. La tunique longue et étroite de l'aurige est remplacée chez deux des personnages du médaillon par le petit jupon court, plissé à la mode égyptienne, sorte de pagne analogue à la *chenti*. Quant au troisième, il est nu.

De même le personnage lié au poteau rappelle trait pour trait le chasseur. C'est le même nez court, un peu relevé, la même barbe en pointe ou, comme diraient les Grecs, *en coin*[1], sans moustaches, en un mot le même type asiatique ou sémitique. Le patient, il est vrai, est dépouillé de ses vêtements et de sa coiffure, et ses cheveux retombent raides en arrière, au lieu de former une sorte de boucle comme ceux du chasseur qu'on dirait emprisonnés dans une bourse. Toutefois ce sont là des différences adventices qui pourraient tenir au développement même des événements.

Mais quels événements? A la suite de quelles vicissitudes notre Nemrod, — cette qualification n'est

[1] Σφηνοπώγων, comme l'était l'Hermès archaïque, et comme le sont ses prototypes sémitiques, entre autres Persée.

pas un vain mot, disons-le en passant, — si bien armé, si adroit, si brave, si pieux enfin, aurait-il été réduit en une aussi piteuse condition? *Quantum mutatus ab illo!*

Nous avons pris congé de lui au moment où, sa glorieuse journée de chasse achevée, il regagne son castel ou sa ville, après avoir reçu la marque la plus éclatante de protection divine dont jamais mortel ait été l'objet. Que se serait-il donc passé entre ces deux moments? La divinité tutélaire qui l'a soustrait miraculeusement aux coups du singe l'aurait-elle abandonné? Pour quelle raison? C'est ce que l'artiste ne nous a pas dit, et c'est ce qu'il serait plus que téméraire de prétendre deviner.

Il se peut que cette scène obscure appartienne au même cycle que la zone ambiante, mais il nous manquerait précisément les scènes intermédiaires qui doivent l'y rattacher. Nous verrons, plus loin, il est vrai, que souvent ces petites histoires iconographiques étaient fort abrégées, et même parfois assez cavalièrement tronquées par les artistes qui les reproduisaient. Cela peut s'établir d'une façon certaine par le collationnement des diverses versions d'une même histoire sur différents monuments. Mais ici nous n'avons aucun de ces éléments de contrôle. Cette première coupe de Palestrina reste jusqu'à ce moment isolée, unique en son genre. Il est plus que probable, selon moi, qu'on en découvrira un jour, sur quelque point du bassin méditerranéen, une répétition, soit textuelle, soit plus complète, soit moins complète, avec des variantes qui pourront jeter quelque lumière sur la question. Mais jusque-là il est nécessaire de se renfermer dans une sage réserve et il vaut mieux considérer la scène centrale indépendamment de la narration cyclique, d'autant plus que cette narration a l'air de former un tout complet, sans lacune, avec un commencement, un milieu et une fin bien marqués. Après cela ce ne peut être, il semble, qu'une nouvelle histoire qui recommence, avec les mêmes personnages si l'on veut.

Nous ne devrons pas perdre de vue cependant deux choses : 1° que la connexion narrative de notre scène centrale avec les scènes cycliques n'est pas radicalement impossible; 2° et ceci est fort important à un autre point de vue, — c'est que, *réelle ou non*, cette connexion a pu être admise à la suite d'interprétations abusives, populaires ou autres, se produisant dans de certaines conditions et raisonnant d'après l'analogie de monuments de même espèce où la connexion narrative entre le centre et la circonférence existe positivement.

Si la scène centrale doit être envisagée abstraction faite des scènes circulaires, a-t-elle au moins en elle-même un sens clair et précis? De ce côté encore il nous faut, jusqu'à plus ample informé, rester dans le doute. Nous sommes hors d'état, avec les seules données dont nous disposons présentement, de comprendre comment, pourquoi et par qui le patient a été lié à son poteau; pourquoi le personnage à la lance frappe de son arme (s'il l'en frappe réellement) l'autre personnage mordu par le chien, de savoir si l'homme de l'exergue rampe ou nage, etc., de déterminer, en un mot, les actes précis de ces six personnages, tant hommes que bêtes, et les rapports qu'ils ont entre eux.

Nous ignorons même si nous devons appliquer ici les principes d'exégèse qui nous ont guidé pour l'interprétation de l'histoire du chasseur. Il se pourrait en effet qu'en vertu de la règle bien et dûment constatée sur une autre partie de la coupe, règle qui consiste à répéter les acteurs pour exprimer la succession des actes, les trois personnages imberbes, de type égyptien, ne fussent qu'un seul et même acteur répété trois fois pour les besoins de la narration. Semblablement, les deux chiens pourraient être le même animal dans deux états successifs.

Mais agiter toutes ces probabilités, c'est raisonner dans le vide. Tout cela se peut, assurément, mais rien de tout cela n'est certain. Si la traduction de cette scène n'était qu'une affaire d'imagination, il ne serait pas bien difficile d'inventer plus d'une explication susceptible de s'y adapter passablement bien. On pourrait par exemple montrer dans le patient attaché au poteau notre héros trahi et dépouillé par son propre aurige, quelque esclave révolté appartenant à une race différente de la sienne; dans le chien poursuivant le serviteur indélicat et lui mordant successivement les deux talons, le chien du chasseur accouru au secours de ce maître, etc.; il y aurait là de quoi bâtir deux ou trois belles fables. Nous verrons que les Grecs, mis en face de cette image, ou de ses répétitions, n'y ont pas manqué, et il serait aisé de prouver par maint exemple piquant que, dans plus d'un cas, la critique archéologique des modernes n'a pas fait autre chose, qu'elle a traité, sans s'en douter, avec la même fantaisie certaines représentations figurées dont la véritable signification lui échappait. Il faut bien nous garder de tomber dans ce défaut. Nous ne saurions avoir d'autre but que, soit de déchiffrer ce que l'artiste a voulu écrire dans cette image, soit, à défaut, de reconnaître au moins ce qu'une fraction considérable de l'antiquité a cru y lire. Ces deux points, dont le premier est une vérité absolue et le second une erreur relative, n'en sont pas moins deux faits historiques d'un intérêt équivalent sinon égal. Or nous en avons vu assez pour nous convaincre que ni l'un ni l'autre ne peuvent être élucidés avec le seul secours du document controversé.

Il nous faut chercher au dehors des moyens de solution. Ces moyens, la comparaison des monuments congénères nous les fournira. Seulement il va arriver ce qui arrive souvent dans ces sortes de recherches, c'est que, pour avoir raison d'un obstacle qui semble peu de chose, nous allons être obligés de faire un effort en apparence hors de proportion avec la résistance qu'il nous oppose. Nous pensions n'avoir affaire qu'à un cas rebelle isolé; dès les premiers pas nous allons nous trouver aux prises avec tout un système dont nous ne pouvions soupçonner l'existence ni l'étendue. L'importance des questions qui vont être soulevées est telle que nous devrons laisser de côté l'examen du cas spécial d'où nous sommes partis. Nous n'y serons ramenés qu'après un long circuit, qu'après avoir obtenu des solutions générales dans lesquelles ce cas rencontrera naturellement sa solution particulière.

On estimera peut-être qu'il eût mieux valu adopter un tout autre plan pour exposer ce qui va suivre. Mais comme il s'agit non pas de coordonner méthodiquement des résultats déjà connus, mais de procéder à une démonstration portant sur des faits nouveaux, j'ai pensé qu'il valait mieux suivre dans l'exposition la marche même que j'avais suivie dans l'investigation en m'avançant sur un terrain que je reconnaissais pour la première fois. Je donne pour ainsi dire ici le relevé de ma route avec ses détours, ses étapes, ses arrêts. Il restera à dresser la carte exacte et raisonnée des régions traversées par cet itinéraire parfois capricieux, et il y aura lieu alors assurément d'ajouter et de corriger beaucoup de points. C'est là une tâche relativement facile que nous ou d'autres pourrons entreprendre plus tard avec toute la rigueur et la méthode qu'on est en droit d'exiger d'un travail synthétique réunissant toutes les données éparses d'une série d'analyses préalables.

IMPRIMERIE NATIONALE. — 1880.

www.ingramcontent.com/pod-product-compliance
Ingram Content Group UK Ltd.
Pitfield, Milton Keynes, MK11 3LW, UK
UKHW031900260826
14628UKWH00002B/883

9 782019 664114